创 意 写 作 书 系

WILD MIND: LIVING THE WRITER'S LIFE

心灵旷野：活出作家人生

[美] 纳塔莉 · 戈德堡◎著
（Natalie Goldberg）

孙玉婷◎译

中国人民大学出版社
· 北 京 ·

“创意写作书系”顾问委员会

献给我塔尔帕的老友弗吉尼娅·麦克罗维亚

以及我的旅伴卡罗尔·苏特尔

致　谢

在此我要感谢帮我将手写稿录入电脑的扬·贝斯特；感谢我的心理医生帕特·萨金特，过去三年我们一起取得了了不起的成果；感谢我的针灸师克里斯汀·桑德斯、我的经纪人乔纳森·拉齐尔，以及我的编辑托尼·伯班克。

前　言

人生没有章法。不管我们多么努力地维持秩序，总会在半路上遇见死神，失去一条腿，爱上某个人，打碎一罐苹果酱。夏天，我们费尽心思把花园打理得整整齐齐：以三色堇为边，围住成排成片的耧斗菜、喇叭花、荷包牡丹。末了却发现自己渴望森林，那里一切看上去杂乱无章，却能让我们感到平静。

写作如参禅，将你带回到自然的心理状态，带回到心灵的旷野，那里没有修剪成排的剑兰。心灵是原始的、充满能量的，是活的，也是饥渴的。大脑思考事物的方式并不像我们从小被教育的那样中规中矩、有礼有节。

写完《再活一次》（*Writing Down the Bones*）并拿给我写作班上的学生读过之后，我以为我已经不需要再多说什么了。“史蒂夫，那里你应该更具体一些……”这样的话我说不出口，因为我总觉得他会反驳我说：“我知道。你已经在第八章告诉过我了。”我认为这是多此一举，然而读一本关于写作的书与真正坐下来写是两码事。我太天真了！所谓知难行易，正是这个道理。

光看关于写作的书是不够的。要想成为作家，要有一定的生活方式，并以一定的方式去观察、思考、存在。这是一种传承。作家们把所学所知传递下去，就像我对禅宗的大部分了解，都是片桐禅师面授于我的。

举个例子，我刚搬到明尼阿波利斯市，想要学习佛学。此前我住在博尔德市，师从一位藏族老师。这一藏传派系讲究排场。学习中心规模很大，我们需要等上好几个月才能与老师面谈一次，并且需要穿着盛装去见他。

在明尼阿波利斯，我打电话给禅修中心，问能不能约个时间拜访那里的禅师。电话那头的男人说话带着很重的日本口音，他让我直接过去。我这才意识到他就是禅师。我连忙穿上盛装赶过去。片桐禅师走下楼梯，下身穿一条牛仔裤，上身穿一件写着“Marcy School Is Purr-fect”（马西学校很完美，喵）的绿色T恤，T恤上印着一只猫的图案。他的小儿子读马西小学。我们聊了十分钟，平淡无奇。然后我离开了，感觉毫无所获。

大约一个月后，禅宗简报的工作人员给我打电话，问我能不能为秋季刊采访一下片桐禅师。我答应了。采访当天的早晨，我醒来后满脑子想的都是该买什么颜色的窗帘。那是1978年，彼时我刚结婚。在开车去禅宗中心采访的途中，窗帘的问题一直在我脑海里挥之不去。我打算速战速决搞定访问，然后火速赶往纺织品店。

我把车停在禅修中心前，冲下车。此时我已经迟到了好几分钟。等我走到一半，突然想起来笔记本落在了车前座。我又冲回去，拿上笔记本，跑到禅修中心的后门。我一把推开门，转过拐角，猛然停了下来：穿着黑色袈裟的禅师正站在厨房的水池边，给一株粉色的兰花浇水。这株兰花是他三个星期前得到的。有人从夏威夷的一个佛教婚礼上给他带回来，我也参加了那场婚礼。时隔三周，兰花依然鲜活如初。

“禅师！”我手指着兰花，惊诧不已。

“是的。”他转过身来，面带微笑。我感受到他身上每一个细胞的存在，“你悉心照料一样东西，这样东西就会活很久。”

这是我与他展开真正交流的开端。我从片桐禅师那里学到了很多。我认识到了自己的无知、傲慢、固执，也懂得了仁慈与同情。这些并不是通过批评或表扬学到的。他既没有批评我，也没有表扬我。他就在那里，与他的生命同在，耐心地、长久地等着我也能够与我的生命同在，等着我觉醒。

作家没办法以禅师的方式教学。我们可以去听一门作家的课，但这是不够的。课堂上我们看不到作家如何安排日常生活、如何找到写作灵感。我们坐在教室里，学习什么叫叙述，却想不明白如何去实践。A 不会导致 B。我们无法完成这关键的一跃。因此写作总是只存在于书架上的小说里，在教室的黑板上被讨论着，而我们只能傻傻地坐在座位上。我认识许多人，他们渴望成为作家却不知从何下手。在成为作家的道路上，有一条巨大的鸿沟，就像一道裂开的伤口。

在圣菲[①]有一名事业有成的律师决定转行当作家。他辞掉了工作，紧接着就开始着手写小说，他的计划戛然而止——他的笔停留在第一页。此前他除了法律简报，什么也没写过。他以为可以将律师的思维转嫁到创意写作上，事实却是不可以。两年后，他仍在写作的道路上苦苦挣扎。我告诉他说："布鲁斯，你得换一种眼光看世界，换一种方式在这个世界生活。你已经进入了一个新的领域。你不能穿着三件套西服就跳进写作这个湖。要在这个湖里游泳，你得换一身行头。"

《再活一次》首次出版后的一天下午，优秀的南方小说家塞西尔·道金斯（Cecil Dawkins）读完之后，缓缓开口对我说道："哎呀，纳达莉[②]，这本书会很火的。读完这本书，人们会对作者有一个更深入的了解。读者真正想要的，"她边点头边说，"就是深入地了解作者。即使是一本小说，他们也希望了解作者。"

人与人之间的孤立是可怕的。我们渴望相互联结，找到写作的意义。"你怎样生活？你在想什么？"我们问作者。我们都在寻找暗示、故事和例子。

我希望通过分享我的经验，从而在写作这条路上帮到我的读者。

---

① 美国新墨西哥州州府。

② 即纳塔莉，说话人带南方口音。

目录

1 写作练习的规则

15 年来，每次写作班开课，我都会重申写作练习的规则。因此，这里我再重申一遍。我之所以不断重申这些规则，只因为它们是底线，是一切写作的起点，是你学会相信自己心灵的基础。相信自己的心灵对写作至关重要。语言源自心灵。

我信奉这些规则，甚至可以说有些狂热。

一个朋友调侃我："你弄得好像这些是人们赖以生存的规则，放之四海而皆准似的。"

我笑道："好吧，那我们来试一下，看看这些规则是否适用于性爱，怎么样？"

我伸出大拇指，规则一："手不要停。"点头，没错。

食指，规则二："具体一点。"我乐出了声。有效果了。

中指，规则三："失去控制。"很明显，性爱与写作是一回事。

然后，无名指，规则四："别想太多。"是的，我点头，对性爱来说也是一样。

我证明了自己的观点。我和朋友都笑了。

尽管把这些规则应用到其他地方，比如网球、悬挂式滑翔、开车、烤芝士三明治、训练小狗或蛇等，可能并不是百试百灵，不过对写作来说很灵。你不妨试试。

（1）手不要停。一旦坐下来写，不管十分钟还是一小时，只要开始，就不要停。如果你打算写十分钟，第八分钟的时候即使有原子弹掉到你脚边，也别停。你可以出去写。

这么做目的何在？大部分时候，我们写作时既是创作者也是编辑者。将你写作的手想象成创作者，将另一只手想象成编辑者。两只手握在一起，手指紧扣。这就是我们写作时的情形。写作的那只手想写周六晚上发生的事："我整晚都喝着威士忌，盯着酒吧那头一个男人的背。他穿着一件红色T恤。我想象他长着一张哈里·贝拉方特[①]的脸。凌晨3点，他终于转头朝向我，看清他的样子后，我往烟灰缸里吐了一口唾沫。他的脸长得像一只掉了牙的湿漉漉的杂种狗。”写作的手刚写了几个字：“我整晚都喝着威士忌……”另一只手就收紧手指，让写作的手动也不能动。编辑者对创作者说：“这么写不好，威士忌什么的……别让人知道这些。我有个更好的主意：‘昨晚，我美美地喝了杯温牛奶，然后9点钟上床睡觉。’就这么写。写吧！我这就松开手。”

如果写作的手不停，编辑的手就难以抓住它、锁住它，写作的手就可以随心所欲，想怎么写就怎么写。“手不要停”的规则让创作者更强大，不给编辑者插手的空间。

手不要停是写作练习的主要构成内容。

（2）失去控制。想说什么就说什么，别管对不对、礼不礼貌、合不合适，别理会后果。艾伦·金斯伯格（Allen Ginsberg）[②] 在哥伦比亚大学攻读硕士学位的时候，练习的是押韵诗。那时他做了大量正规的格律等方面的练习。有一天晚上他回到家，告诉自己想写什么就写什么，忘掉程式化的条条框框，结果他写出了《嚎叫》（*Howl*）。我们当然不能忽略他此前的大量实践积累，但值得一提的是，当我告诉学生“好了，说你想说的，尽情发挥”之后，他们写出来的东西就自然了很多。

（3）具体一点。不是车，是凯迪拉克。不是水果，是苹果。不是鸟，是鹪鹩。不是一个依赖性强、神经过敏的男人，而是哈里，哈里跑去给妻子开冰箱，以为她要拿苹果，实际上她是去煤气灶边取火点香烟。提防大众心理学的标签，越过标签，具体到个人。

---

① 美国演员、歌手。

② 美国诗人。

但写作的时候也不要苛责自己，不要说："我真是个白痴。纳塔莉说了要具体，我却愚蠢地写下了'树'。"稍微注意一下就可以，你写了"树"，那么就可以更进一步，在"树"的旁边写下"美国梧桐"。对自己温柔一点。别给编辑者的"铁掌"有乘虚而入的空间。

（4）别想太多。我们通常活在第二层或第三层思维里，想法常常是加工过的，而非第一层思维，即我们对事物的真实反应。留住第一反应。写作练习可以帮你接触第一层思维。忘掉一切杂念，只管练习。

下面几个规则对性爱来说可能并不适用，但你要想用也不妨一试。

（5）不要担心标点、拼写和语法问题。

（6）即使写出全世界最烂的文章也是你的自由。如果你愿意，还可以更具体一点：可以是圣菲最烂的文章，也可以是你所住街区最烂的文章。你也可以往大了说：你有自由去写全宇宙、银河系、全世界、半个地球、撒哈拉沙漠最烂的文章。

（7）抓住要害。想到了什么可怕的事情，尽管去写。这正是你的能量所在。否则，你会一直绕着使你感到紧张的事情写。写出来的东西可能抽象、寡淡，因为你远离了真相。海明威曾经说："努力写作，直击痛处。"不要逃避。所有的能量都在此。别担心，没有人因此而死。你可能会哭、会笑，但不会死。

经常有人问我："难道我们没有需要停下来的时候吗？你知道，停下来想清楚我们想说什么？"

在实际写的过程中去想其实更好。很长一段时间，我在写作练习上对自己要求很严格，不管怎样都不停手。我想学会直达第一层思维。当然，你可以停顿片刻，但这不容易做到。想停的时候停下来是好事，你可以回顾片刻，从而更清楚地知道你在写什么，但我通常不会停在那里。如果我给自己片刻的休息时间，接下来的一小时我会做白日梦。你得了解自己的节奏，但要确保有一段时间在集中精神、严格自律地进行“不间断写作”，从而学会突破阻力。

写好写作练习，对其他所有类型的写作都是一个良好的基础。

小时候打网球，我手臂力量不够，又缺乏耐心。我太急于去打，以至于为了加力，握拍位置比正常要高。遗憾的是，我习惯了这种握拍方式。后来我网球打得不错，但不管我多么努力练习，都很难再有所提高，只因为我没有掌握一条基本规则：正确的握拍位置。

我以此为例讲写作练习。在转向你自己的方式和风格之前，先熟悉写作的基本形式。你要相信，写作就跟喝水一样简单。

有时有采访者会问我：“所以说写作练习就是老一套，你有没有开发出什么新的东西?”

我回答说：“这就像禅宗大师教你冥想一样，他教了你一年，第二年突然说：‘忘掉悲悯，倒立才是正途。’”

老一套的基本要领仍然是必要的，任何情况下都要坚持。这样你才能做到稳——稳对一个作家来说难能可贵。

2 宽容出善果

总有人问我，如何将十分钟的限时作文扩展成短篇小说、长篇小说或散文。然后他们又问："写限时作文时，你怎么做？"

我的第一反应是："我不知道。"我是说真的。喝完一杯水之后，我会怎么做？我想，应该是放下杯子走出门吧。我早上怎么醒来？晚上怎么入睡？我们能拿月亮、人行道或垃圾桶怎么办？

写作练习不过是很基础的一件事，就像黑白色，又像是走路迈前后脚。问题在于，我们不会去注意先迈哪只脚后迈哪只脚——我们只会迈着脚走。写作练习还要求你不仅要注意脚怎么迈，也要注意大脑怎么思考。不仅如此，写作练习还让你注意到你的心灵，并相信它、理解它。这是好事，这是写作的根本。理解了这一点，剩下的就不用我来告诉你了。你可以想做什么就做什么。你已经有能力去写长篇或短篇小说了，因为你已经掌握了基本工具。想一件你发自内心想要讲的事，放心大胆地去讲。你会知道怎样才能做到不停手，做到放弃控制、让故事主导，做到以细节为本。想怎么做是你自己的选择。

宽容就是要了解写作练习的基础知识，从而为成为作家打好基础。就像我们不会要求一个第一天上学的孩子去做六位数乘法习题一样，我们也不应该在刚意识到自己想写作时，就要求自己写出一部伟大小说的开篇。我们需要慢慢积累。这是一种宽容的思考，使我们能够认清当前的自己，知道要想继续写下去，自己还缺些什么。我经常听说有初学者第一时间把自己的作品拿给评论小组看，然后收到如潮的恶评，最后崩溃地离开。如果你了解写作练习的基本要领并一直付诸实践，你就有东西可以站得住脚，没有人可以击倒你。这是真正的自信。即使有人批评你的作品，你也可以坦然面对，带着对自己经验和心灵的信任。只要你不停地写，你就可以一次次重新开始，这样的练习会渗透到你的其他所有写作中。

写限时作文时，我一次次以"我记得""我看着""我知道""我在想”开头。下面是我一年半前在巴黎写的一篇文章的最后一段：

> 我将视线从笔记本上转移开，抬起头来。对面坐着两个女人。两人都喝着一种深绿色的利口酒。不，不是深绿色，是加冰的祖母绿。她们很年轻，二十八九岁。金发那位戴着大圆耳环，深色皮大衣搭在座位上。我看了看她们的小桌子。桌上的银色圆盘里放着一个白色杯子和茶托、两块方糖，白色茶壶里沏着锡兰茶，一个白色的小水壶里装着用来沏茶的热开水。我看着小水壶和茶壶之间的空隙，思绪飘到了内布拉斯加州诺福克市的一条林荫大道上。当时是夏天，楼上的公寓里住着一个二十来岁的男人。我伤了他的心。但我没想要伤他。那是几年前的事情了。他的爱甜蜜、温柔又单纯。我当时并不相信爱情。那时我刚刚结束一段失败的婚姻。我记得凯文坐在厨房的餐桌前，没戴眼镜，穿一件黄色的尼龙衬衫。我当时做了个梦，梦见我在药店过道里寻找柠檬味的润喉糖。凯文就站在旁边的过道里，再往旁边一点是巴黎。巴黎我是了解的，梦醒时我心情愉悦。

写这段话时，我心无旁骛，只顾着写，现在却能看出这段话受我之前的写作练习影响之深。

异国咖啡馆的场景可能让人无从下手。你以什么开头？我会从眼前所见着手，一直不停地写。这样做能够稳住我的思绪。本来我可能会抓狂，但我选择对自己温柔一点。好了，亲爱的，你知道要写什么吗？嗯，我可以看见对面那两个女人。很好，写下来。还有呢？我面前有一张小桌子。很好，描述一下。

我主要依赖“我看”“我记得”这些我在写作练习中练过无数次的简单句式。因为练的次数太多，这些词已经在我心里根深蒂固。我从基本的视觉入手，通过视觉跳入回忆和梦境，这两样也是我在写作练习中用得很熟练的。

我们从来不会上完一年级就能毕业。我们一次次地回到起点。不要因此感到羞耻。这是好事。就像喝水，我们不可能喝了一杯之后再也不用喝了。我们也不会写完一首诗、一部小说之后再也不写了。我们会一遍遍地从头开始。这很好。这是宽容。我们没有忘记自己的根。

最后，不要听信我的话。我又知道什么呢？自己去空白页上发挥吧。我不想控制你，我也控制不了。我告诉你的只是我知道的一点东西。除此之外，我毫无用处，我帮不到你。我们人生中的分分秒秒都是自己的，我们需要自己去发现怎么利用这些时间，但脚踏实地是一个好的开始。写作练习可以带你找到正确的方向，具体的路得你自己走。

试一试

写一篇十分钟的限时作文。用“我记得”开头，一直写。每当你卡在什么地方觉得无话可说时，就再写一次“我记得”，然后继续往下写。用“我记得”开头不代表你一定要写过去的事。一旦开始，你就跟随自己的思路，想到哪儿写到哪儿。你可以陷入对母亲牙齿的回忆，写够十分钟，也可以列举一连串短小的回忆。回忆可以是五秒前刚刚发生的事。写回忆时，回忆已经不是过去的事了，它在此时此刻变得鲜活。

好，十分钟后，停下来。绕着餐桌走一圈，拿一些昨天晚餐剩下的食物，一点一点细细地咀嚼，不要说话。接着再写十分钟。这一次，以“我不记得”开头，一直写。这样做的好处是让你直抵大脑的隐秘处，抵达空白、黑暗的心灵区域。

有时“我记得”就像一条高速公路，我们系上安全带，沿着这条路一路往前开。而使用否定的“我不记得”可以让我们来一个 180°大转弯，看到夜晚的风景。有哪些事情是你不屑于记住的、压抑住的，或暗藏于心底的呢？

现在试着以“我在想”开头写十分钟，然后以“我没在想”开头再写十分钟。以“我知道”开头写十分钟，再以“我不知道”开头写十分钟。以此类推，“我是/我不是”“我想要/我不想要”“我觉得/我不觉得”，等等。

我用这些方式来热身。这能让我的心灵在肯定与否定两个方向、在明处和暗处、在有意识与无意识中伸展开来，也让我有机会审视自己的心灵，在集中思考手边的写作任务之前先做一下准备活动。

3 风格

有人问我："什么是风格？我总得有自己独一无二的风格吧？"

你已经有了。我们每个人都是独一无二的个体，过着独一无二的生活。地球上没有任何一个人过着跟你一样的生活，至少不可能每个细节都一样。即使是双胞胎，出生也有先后，而且当两人一起散步，途中碰到一棵树，也可能一个往左走，一个往右走。一个往树的左边走，看到了一只臭鼬；另一个往右边走，看到了一个卖墨西哥玉米卷的小摊。风格就是如此简单、直接。它需要你消化自己的经历，无论什么样的经历，先消化，然后写下来。不是要你抹去关于臭鼬的记忆，或懊恼自己没有看到玉米卷小摊，而是让你看到什么就写什么，接着去写下一个想法，下一个看到、闻到、尝到或触到的事物。

风格要求我们消化真实的自己。风格是由内而外的。不是说我的文风像弗兰纳里·奥康纳（Flannery O'Connor）[①] 或薇拉·凯瑟（Willa Cather）[②]，而是说我充分消化了他们的作品，在此基础上或与此同时我也充分消化了自己的人生：20 世纪犹太裔、美国籍、信奉佛教的女人，祖母开了一个家禽市场，父亲开了一间酒吧，母亲在梅西百货化妆品部上班——所有这些元素构成了我。我写的东西满是我的痕迹，也就有了我自己的风格。

如果说风格是消化了那么多元素之后而形成的，那么可以说它源于全身，而非只是头脑。我们身上的每个细胞都在昭示着我们是谁。只要在咖啡馆看看周围的人，就可以知道这一点。角落里的女人将深红色的唇膏涂到了唇线以外。她用长指甲轻轻地敲着桌面，眼睛盯着窗外。旁边桌的男人吃吐司前先一点点地咬下面包皮，他脚上穿着一双黑色漆皮鞋，公文包放在对面的椅子上。

写作风格不是花哨的语言——哦，是的，她很有格调。写作风格

---

① 美国作家、评论家，代表作有《智血》《好人南寻》《上升的必将汇合》。

② 美国作家，代表作有《啊！拓荒者》《我的安东妮亚》。

是指越来越强烈的存在感，是一层一层深入地挖掘我们自己，然后诉诸语言，知道我们所写的文字映射着我们的全部，我们身上所有的一切都在支撑着我们的写作。那是让我们赖以立足的坚实基础。就像海明威说的，作家知道的事，即使他不写出来，也会存在于他的作品里。

这是非常美妙的事。我们每个人都是一场音乐会，我们的整个生命在其中回荡，我们周围的世界映射在其中并被放大。这大概就是佛教所说的万物相互渗透、相互联结。但我们还是别那么宏观，就专注于面前的熏牛肉三明治、芥末的气味、眼角余光瞥见的架子上的薯片袋吧。

小林一茶①是日本历史上最伟大的四大俳句诗人之一。在其著作《一寸寸》（时间之齿出版社，1985）的前言里，译者坂木七尾这样写道："他并非天赋异禀，只是将自身的经历老老实实地铭刻于心，因此他保持了质朴与人性。"

小林一茶就是以这样的方式写俳句，也就这样形成了自己的风格。没有什么特别之处。他不过是消化了真实的自己，即一个有着人类经验的人。我在课堂上经常将坂木七尾的这句话读两遍。在这里我也重复写一遍。记住这句话，对你有用处。

> 他并非天赋异禀，只是将自身的经历老老实实地铭刻于心，因此他保持了质朴与人性。

最后一点，不要纠结于风格。做你自己，尽情呼吸，尽情地生活，还有别忘了写作。

---

① 日本著名俳句诗人，代表作有《病日记》《我春集》《七番日记》《我之春》。

4 结构

我走进一栋房子，看到的是房间。我想对房间做的唯一一件事就是把墙刷白。我的朋友罗伯是一名室内设计师。他走进一栋房子，会移动墙壁，抬高屋顶，在坚固的地方打一扇窗户。每次我去阿尔伯克基①看他，他的房子永远都是新的面貌。建筑设计是他的杰作，而他以此为乐。在我眼里墙就是墙，永远坚不可摧，他却能把墙拆掉。这就是艺术家与艺术媒介之间的关系。

我跟罗伯一起去跳蚤市场。他买了两幅六英尺②高的抽象派油画回家。他把这两幅画挂在客厅的北面墙上。我们退后一步观察。“等一下。”他说，说完他就不见了。再回来时，他手里拿着一罐白色涂料，给两幅画都涂上了薄薄的一层白色颜料，覆盖整幅画。我大喊道：“你不能这样！”

“为什么不呢？”他扭过头来说道，“又不是伦勃朗③的画。”我必须承认，这两幅画经他改造后确实更好看了。

我们应该用罗伯对待建筑设计的方式来对待我们的小说、诗歌和文章的结构。我们采用一个结构，然后把它化为己有。换句话说，每次写东西的时候，我们都会重塑这个结构，让它与我们自身以及我们想说的话相契合。这不是傲慢。我们尊崇结构，但我们不会被旧的结构束缚。罗伯不能拆掉所有的墙，否则房顶会掉下来砸到他。但倘若给他一个带婴儿房的房子让他设计，而即将入住的新主人还没有孩子，他就会把这个婴儿房改造成另一副样子。

如果你想写小说，那就先读大量的小说。看看每个作家给自己设定了怎样的结构：章节长短如何，谁在讲故事，什么是作者着重刻画的，什么是作者略去不表的。而后你需要讲你自己的故事。哪种结构

---

① 美国新墨西哥州最大的城市。

② 1 英尺＝0.3048 米。

③ 荷兰画家，欧洲 17 世纪最伟大的画家之一。

对你来说行之有效？马克·吐温采用的写作结构不一定适合你。你现在是一个活生生的人。你可以获得肯定，可以学习马克·吐温的一些手法，但你不是马克·吐温，你有自己的故事要讲。

结构是一件相当棘手而又至关重要的事。从我打算写《再活一次》到真正开始写，整整过了八年。彼时，我对如何设定结构毫无头绪，好像只是匆匆忙忙地到处搬砖。几乎就跟我不知道怎么砌墙、不知道怎么给房子铺顶一样，我也不知道怎么写，于是我放弃了。

八年后，我灵光一闪，想到采用短章节的形式，每章自成一体。我知道我想说什么，我只是需要一个形式，把我想说的话放进去。一旦结构有了，我只需要往里面填充内容。有一句禅语叫：置蛇于竹竿内。这句话在某种意义上说的就是结构。所有你想表达的东西都已经有了，你只需要一个形式倾诉。

这就是写作练习中不停手一直写的意义所在，是为了一个结构、一个形式。我想写作！我想写作！怎么办？坐下来，动手写，不要停。

有的学生会说："我不知道我是想写诗歌还是短篇小说。"耐心一点，慢慢地你自然会有头绪。你觉得什么跟你比较接近？你喜欢读什么？找到真正适合自己的形式需要时间。而且即使找到了，你也要挑战自己的极限，不能让自己太舒适。我们需要不断努力，像竹竿里的蛇一样，保持笔直的姿势。

试一试

雷蒙德·卡佛（Raymond Carver）[①] 在其著作《火》（*Fires*）中

---

① 美国短篇小说家、诗人，代表作有《请你安静些，好吗?》《愤怒的季节》《当我们谈论爱情时我们在谈论什么》《大教堂》。

提到，他写短篇小说时一旦有了第一句，后面的故事写起来就跟写诗一样："一行接着一行，一行接着一行。"

想一个你喜欢的句子。不要对你的大脑太过苛刻，用身体感受这个句子的完整。可以是一个很简单的句子："8 月的一个星期二，我爱上了我的生活。"然后接着写下一个句子，再下一个句子。不要想得太远，只想下一句。也不要回想已经写好的句子。把故事搭建起来即可。

让故事的结构一句接一句地展开。像码砖一样写下这些句子。保证每个句子的真实性。

5 长篇小说

《再活一次》完成后，我给我的经纪人乔纳森·拉齐尔打了一通电话："好了，乔纳森，现在我想写回忆录了。"

"你这年纪写回忆录还太早，等到 60 岁再写。写一部长篇小说吧。"

我挂了电话。写长篇小说？我有好些朋友在写长篇小说。

好吧，写一部吧。我就这么草率地决定要写长篇小说。有人说"写一部长篇小说吧"，我说"好，我写"。若非如此，我可能永远不会踏入这个行列。起初我并不知道这件事有多难。同样的话我也听到有人用在生孩子上：比你预期的要艰难，也比你预期的要美好。我有过 15 年的写作经历，我对自己有信心。虽然不知道怎么写，但我会想办法知道。

我快要拐过圣菲市唐库贝罗大街时，突然给主人公想了个有嬉皮士意味的名字：香蕉玫瑰。不知怎么回事，有了这个名字，我就知道这本书有眉目了。对我而言，这个人物就要活了。

我确实有故事要讲，这个故事一半是我的生活，一半是我的感悟。我需要长篇小说这样充足的空间来讲这个故事。但说到底，我是个作家，我喜欢不停地写。我想开始一个新的写作项目。路就在那里，我想一路驰骋。

很抱歉，我开始写长篇小说的理由不够冠冕堂皇。而一旦开始，在前行的路上，你就会有各种理由来做你想做的事。天地广阔，你要做的就是走下去。

6 追随者与梦想家

朋友艾迪告诉我一个理论，让我受益匪浅，这理论是他和朋友霍利研究出来的，灵感源自卡洛斯·卡斯塔尼达（Carlos Castaneda）①的“唐望”系列。这是一个关于追随者与梦想家的理论。四年前，艾迪第一次跟我说的时候，它听起来有点愚蠢。“追随者与梦想家”，这观点有点微妙，就像在说：“哦，你是摩羯座，你一定很踏实。”解释不好的话听上去就会很肤浅，很可能沦为另一种流于表面的划分和概括世界的方式。这我知道。我曾在一个写作班上讲过追随者与梦想家的理论，当时班上的人眼神里写满了不耐烦。

所以还是直截了当先举个例子比较好。艾迪有两个儿子，大的叫乔伊，是一个跟随者；小的叫马特，是个梦想家。

乔伊开始学骑双轮自行车的时候，艾迪带他出去，示范给他看怎么撑着马路牙子蹬上车，怎么控制车把手，怎么踩着脚蹬往前骑。他们一起练习。乔伊按照他的指示，不久就学会了骑自行车。

两年后，轮到马特学骑自行车。鉴于教乔伊的过程非常顺利，艾迪觉得可以把同一套方法用在马特身上。他带着马特和自行车来到马路牙子旁。

艾迪低头看着马特的脚，说：“嘿，马特，进去换一双运动鞋。你不该穿着人字拖骑车。”

“不要，我就想穿这个。”马特非常坚持，他有自己的个性。艾迪投降了。接下来，艾迪开始讲解骑自行车的要领。马特心不在焉地听了一会儿，就想按自己的方式骑。一番争执之后，艾迪败下阵来，他走进屋里，留马特自己一个人折腾。20 分钟后，艾迪出来查看，已经找不到马特了。艾迪拐弯来到街角，看到马特在马路中央，粉色自行车躺在地上，马特在上面一蹦一跳地踩。他气自行车不让他骑，他觉得是自行车出了毛病。但几个月之后，马特通过自己的方式也学会

① 秘鲁裔美国作家、人类学家，代表作有“唐望”系列。

了骑自行车。

马特是一个梦想家。学会骑自行车对他来说是一次重大胜利，他的人生就此改变了。他是由内而外学会的。梦想家遵循内心的想象，他们常常需要自己去领悟。

乔伊是一个追随者，他通过接收外界信息就能学会。他像猎人，仔细地观察、倾听。追随者的处世之道更多的是通过感知，通过观察外部世界。乔伊对骑自行车的认知来源于艾迪的指导，来源于观察自行车的构造和马路。一旦开始骑，他的认知就被一一证实。这给了他信心，却没有从本质上改变他——像改变马特那样。

美国社会是一个追随者的社会。梦想家在这个社会常觉得自己像个受害者，或者为了生存养成追随者的特点。

有一次，我和朋友鲍勃来到位于圣保罗①市中心的火箭台球厅，准备打台球。他平时打得多，我打得少。几分钟过后，他开始给我讲解如何握杆。他的态度并没有居高临下。我知道他是一番好意，并且我确实也想听懂他说的话。但彼时我就像患有阅读障碍，他的话没办法进入我的大脑。我尽力了，但就是听不进去他说什么。我对自己说：“你又开始犯轴了。”

最后，我说：“鲍勃，让我自己打吧。我打着打着就明白了。”他点点头，退到一旁，坐在一张高脚凳上。整张台子就我一个人在打，我放松了下来。鲍勃时不时地给我一点建议，告诉我从哪个角度击球比较好。他的建议很有用，我欣然接受。

过去遇到类似情形，我总觉得是我抵触学习新事物。现在我知道，我只是学习的方式跟别人不一样。我是一个梦想家。我必须潜到水里，尝试很多次之后抬起头，湿着双眼问：“哦，你是说蛙泳得面朝下趴在水里？哦，我知道了。我之前一直面朝上躺在水里。”

---

① 美国明尼苏达州首府。

说这些是因为这与写作相关。一天下午，我约了朋友弗朗西丝一起写作。她给我看一张传单，宣传的是一个教写故事情节的写作班。不仅教授情节写作，还有次情节和人物发展。弗朗西丝那时刚开始动笔写一部小说。

她问我："你觉得我应该报这个班吗？"

我皱着眉头问她："你觉得你能从中学到什么吗？"

有些人能从外部教学中学到东西，而有些人不能。我知道有些人在写小说前先做图解，有些人甚至还没开始写就对人物做大量有意识的思考。这很好。很多小说佳作都是以这种方式写出来的。但这不是我的方式。我们需要相信我们自己的方式，而不是考虑换一种方式。

我在明尼苏达州伯米吉市参加过一次作家会议。会上好几个作家说，没有作家小组的帮助，他们写不出那些小说。在这些作家小组里，他们每周可以读几段自己的作品，听听大家的评论。我想到自己在陶斯市的台地上，一个人为《香蕉玫瑰》绞尽脑汁。我对自己说："你看你多蠢。你需要参加一个小组！"这个想法刚刚闪现，我立马打住。我意识到了一点："不，纳特[①]，这不是你的方式。"我需要自己一个人，能走多远就走多远，发现自己内心的东西，不能太早受外界影响。过早的建议对我来说非但无益，还会唤醒我体内的批评家："看吧，纳特，你完全做错了。放弃吧。"而我真的会放弃。

罗恩·卡尔森（Ron Carlson），《世界新闻》（*The News of the World*，企鹅出版社，1988）的作者，参加伯米吉的作家会议时说：如果一个人写的是短篇小说，他还可以给点意见，但当他听说写的是长篇小说时，他只能摆摆手说"祝你好运"。写长篇小说是一段漫长的旅程，带上所有你能用上的招式。

---

① 纳塔莉的简称。

7 僻静的所在

11 月下旬，我邀请了一些人到我位于圣菲的公寓。我们围坐在客厅里，我的朋友米里亚姆朗读了一篇名为“援助”的短篇小说。等其他几个人读完自己的作品后，塞西尔·道金斯（作品有《查莉的马》（*Charley Horse*）、《安静的敌人》（*The Quiet Enemy*），企鹅出版社，1986）径直走到米里亚姆面前，对她说：“你写得太快了。你恐惧了。慢一点写。写短篇小说不能少于两个月的时间。”

后来，米里亚姆对我说：“当时我感觉就像一个大师进了房间。这是我听过的最中肯的建议之一。”

次年 1 月下旬，米里亚姆生了一名女婴。3 月中旬，我去看她，轻轻地哄着她的小宝宝。

大概我还不知道那些初为人母的责任，我突然开口问她：“你最近还有写东西吗?”

“嗯，我听从了塞西尔的建议，重写了那个患艾滋病的朋友的故事。这次我写得很慢，像她建议的那样，花了两个月。不紧不慢对一个妈妈来说再好不过了。”

“我可以看一下吗?”我问。

米里亚姆抱着孩子，我坐在桌旁读着她的新故事。

下面是米里亚姆前后两个版本的开头。

11 月在我家读的第一版：

> 我坐在医院的病房里，等着弗雷德死。他死了，我就可以和拉里去莱克星顿酒店开房，酣畅淋漓地做爱。
>
> 弗雷德处于昏迷状态，艾滋病毒蚕食着他的生命。他闻起来像漏水的水床，黑色的皮肤变成死灰色，手脚弯曲成爪状，体重比他年轻时还轻。不省人事的他像一块鹅卵石，像潮汐线上的石块。他将我们聚到一起。他的两个朋友，两人都叫保罗，站在氧气帐旁，氧气帐散发着温暖的粉色治愈之光，好像一切还不算太

晚似的。事实上我看不到这光，但那两个保罗提醒我它的存在和益处。然而，我和拉里仍然想象不出它的样子。拉里坐在那里，用一把瑞士军刀刮着掌心的疣。拉里身高 6.3 英尺，华盛顿人，律师，是我的前任。他长着一双斜斜的黑眼睛，扁平的后脑勺——这是蒙古人和美国印第安人的特征，而他并没有这两种血统。我还知道在他夏款三件套羊毛西装下有一个锚文身，腰椎旁还有一颗 BB 弹文身。当他以为别人没在听的时候，他悄悄告诉我说，那两个神经质的保罗是同性恋。

我在她桌前读到的修订版如下：

杰夫是这么死的。帕特里克在医院的病房里连续待了将近 48 小时，看着昏迷中的杰夫。昏迷状态并不是什么赏心悦目、出奇有趣的景象。就在帕特里克去走廊电话机打了一通对方付费电话的工夫，杰夫就死了。电话那头的苏珊娜不在家，事实上她正在爬楼梯，爬那四节通往她西 70 街公寓的高雅楼梯。即使是苏珊娜也没有富到足以在那一带购买一套带电梯的公寓。她的钥匙插进锁孔的那一刻，电话铃声停了。帕特里克回到杰夫的病房时，护士正用白布盖住他的脸。看到帕特里克脸上的表情，护士又掀开了布。帕特里克盯着杰夫的脸，只见他铜棕色皮肤下一片死灰。

“杰夫去世了。”帕特里克对着电话说。他现在有一小摞十美分硬币了。不出所料，连杰夫的律师听到这个消息都哭了。先是肺炎，好了之后又发病。最后病毒侵入了杰夫的大脑，他的身体只有右半边可以动。此时他已经不能开口说话，只能像个婴儿一样用眼看周围的事物：帕特里克浅绿色衬衫上的纽扣，摆好的纽约冬花——紫菊花、橙菊花、满天星。病发作得越来越严重时，医生告诉帕特里克他们会用镇静剂，这会导致病人轻微昏迷。

> 杰夫是名医生。护士们在护士站哭，因为她们认为一个年仅33岁的医生不应该这么早去世。杰夫本名托马斯·杰斐逊·埃布尔，但他从未跟哈佛的朋友们提起过。这名字听起来黑人特质太过明显，而且乡土气息很浓厚。他骨瘦如柴，肤色混着西非人的紫檀木色和阿尔岗昆人[①]的红棕色。

"写得真好，米里亚姆，真的很好。"我停顿了一下又说，"谢谢你。我从中学到了很多。"

她很高兴。

我从中学到的是，在我们的时髦个性之下还藏着一个僻静的所在，与我们的呼吸、言语、死亡相连。米里亚姆的修订版连接到了那个所在，因为她慢了下来。写第一稿时，她是恐惧的，所以写得油腔滑调。我们总是以可笑的方式掩饰恐惧，但那处僻静的所在与我们同在，共同存在于地球上。它就在那里。最好的文字都来源于它，我们要想写出佳作，就必须与它连接上。我可以把米里亚姆的修订版拿到一个偏僻的小村庄，读给那里的人听，他们可能对艾滋病毫无概念，然而他们还是能够听懂，因为这段文字连接到了那个所在，让人们忘记了所谓的美国人、同性恋、女人、纽约人。

但如果我们抹去国籍、性别、宗教等这些构成我们的特征，写作风格从何而来？风格是所有这些元素完全消化后融入我们的人性，所以米里亚姆在纽约长大这件事并没有凌驾于悲伤这一基本情感之上。

片桐禅师在《回归静默》（*Returning to Silence*，香巴拉出版社，1988）一书中说到：对于精神导师来说，重要的不是是否到达了巅峰，而是如何消化其所经历过的真理，以及这个真理在每时每刻的生活中体现了多少。

---

① 北美原住民的一支。

这对写作同样适用。对于我所知道的、所代表的一切，我消化了多少，才能让我写的句子以静默的方式出现？我所说的“静默”，是指可以直抵内心和思想，没有任何不和谐的尖利词语，没有任何透露恐惧的词语。举个例子，一锅好的蔬菜汤，洋葱不会一直怒刷存在感求关注，大叫：“我是洋葱！我是洋葱!”相反，它会和别的蔬菜一起，为这锅汤贡献好味道。我写母亲的死，死亡本身不应该立得笔直，像匹竞技马，脱离行文轨道。相反，我应该彻底消化母亲的死亡，静静地写在纸上。作家可以平静、清晰地做这件事，因为经过从骨骼到内心再到肌肉的消化，作家愿意直面自己的恐惧。因此作家最终必须愿意坐在坑底，坚持待在那里，任由野兽靠近，甚至唤醒它们，然后直面它们，将它们写下来，而不是仓皇逃走。

试一试

选一个对你而言很难的课题、情境、故事，说一说、写一写。写慢一点，均匀一点，慎重地写。不要跳过任何部分。坚持住。写完整件事可能需要好几天、一个星期、一个月。每天都坚持写，直到完工。将颜色、气味、时间写进去。

每天进入写作状态之前，可以多花点时间喝一杯水或者去附近街区走一走，做点事情让自己沉陷于自我，这样你写作时才能从那个充满平静和真理的僻静所在出发。你很安全，尽管往前走。保持简单。

8 心灵旷野

我在新墨西哥州班德利尔国家纪念区的弗里赫里斯峡谷徒步旅行。我们沿着一条穿越粉橙色峭壁的小溪行走。早晨，我们看见了鹿——长耳鹿，我几乎可以肯定它们就是长耳鹿。先是一只，不久后两只。看见我们，它们与其说是跑，倒不如说是跳走了。

现在我靠在一个大圆石上，石头抵着我的背，很清凉。即使你现在没有跟我在一处，我也希望你抬头看看天。你看到了吗？天空很辽阔。如果你从未到过如此远的西部，那么想象一下你正在俄亥俄州的天空下：在双车道的高速公路上，阴天，你可以看见四周的地平线。这幅景象不受任何干扰，除了间或出现的带着一排沙枣防风林的农舍，或是路旁用细霓虹写着“EAT”（食）的白色方形建筑，其中“E”底部的横线和A左边的斜线不亮了。

因此不管是在新墨西哥州还是在俄亥俄州，我们都身处辽阔的天空下。那辽阔的天空即是心灵旷野。我将爬上头顶上方的那片天空，用魔力马克笔画一个点。看见那个点没？那个点就是禅宗所说的心猿，在西方心理学属于显意识的一部分。我们把所有注意力都给予那一个点。所以当它说我们不能写作，我们写不好，会失败，连提笔都显得愚蠢时，我们只有听从。

这个点是这样运作的：你一直想当作家，却决心成为一名医护人员。你去学校学了四年，获得了社会工作专业的学位。但是第一天上班，你在听公司介绍时，突然意识到你真的很想当一名作家。于是你辞了工作，带着笔记本去了图书馆，开始写这部伟大的美国小说的第一页。但是第一页写到一半，你断定当作家实在太难了。你想开一间咖啡馆，让作家们可以进来喝上最好的拿铁咖啡，写上一下午。于是你开了咖啡馆。你为城里所有的作家供应拿铁咖啡。某个星期二，你望着你的顾客们，看到他们都在写作，而你没有。于是你又想开始写作。

这种情形无休无止。这就是心猿。我们就这样一直游离。我们听从，而后被抛弃。我们把所有注意力都放在那一个点上。同时，心灵旷野包围着我们。西方心理学称心灵旷野为无意识，但我认为无意识不足以概括。如果一切真的都是互相贯通、互相连接的，那么心灵旷野则包括山川、河流、凯迪拉克、湿气、平原、绿宝石、贫穷、伦敦的旧街道、雪和月亮。河流和树木并非无意识，它们是心灵旷野的一部分。连梦我都不认为是无意识。梦是这样一个存在：它从心灵旷野启程，一路行走，来到那个点/心猿/有意识的自我，唤醒我们。

所以作为作家，我们的工作不应该是在那一个点上虚耗光阴，而是迈出一大步，跨出那个点，融入广阔的天空，以那里为起点写作。让万事万物经由我们，用笔和纸抓住我们能够抓住的一切。让自己生活在真正属于你的地方——你自己的心灵旷野。

我认为好的心理辅导应该能帮助你，将你带到心灵旷野，让你学会在那里安然自得，而不是不停地从心灵旷野上抓住一点小秘密，强行塞入显意识，从而尽可能控制它。我所说的，也是禅宗要求你做的：静坐在心灵旷野的中央。这一切讲的都是失控。陷入爱情也是这样：失控。

你能做到吗？放手将控制权交给心灵旷野？对写作来说，这是最好的途径。对生活而言，亦然。

9 缺口

心灵是作家的疆域，就像山川景色是视觉艺术家的疆域。视觉艺术家研究光线、视角、颜色、空间，我们写作依赖的是记忆力、想象力、思维、言语。这就是为什么了解和研究心灵大有好处，因为它可以让我们使用起来更有信心，也让我们逐渐信任自己。

我们不仅要了解思绪是怎样从心灵旷野像闪电一般随意迸发的，也必须了解思绪是如何从心猿或显意识中飘走的。思绪漫无目的地游走，恐惧、盲目、麻木。聪明的是我们的身体、呼吸和来自心灵深处的第一想法。心猿总会跳出来攻击第一想法：“别那么想，别那么说。”并把第一想法转为二次、三次加工后的想法，好让这些想法更容易为人所接受，因此想对某人说“去死吧”的冲动，到了嘴边就变成了“哎呀，你穿的裙子真好看!”真正的热力和能量或是流失，或是被掩埋了。

写作练习教我们接受第一想法，与第一想法连通，靠第一想法写作。但此间有一道缺口。心猿仍坚持不懈地试图掌握控制权。一根回形带不断在我们脑海中旋转，来来回回地说：“我不应该写这个。”甚至在我们写作的当下也是如此。

所以写作练习做完后，对于写了什么我们毫无概念，因为当我们的手——连接着胳膊、肩膀、心脏、身体的手写着一件事的时候，我们却忙着听心猿叽叽喳喳。心猿无所不用其极地争夺地盘，所以它告诉我们说，我们是烂作家——无趣、愚蠢、无能。我们听了之后就觉得自己写得很糟糕。这就是为什么我跟学生们说：“直到几个星期后你与你写的东西有了一定的距离时，你才能解它们。”有了那段距离，对于心灵旷野显意识就不再那么恐惧了。迟一点重读作品是一次让心灵旷野与显意识会合的机会。当无意识自我与有意识自我通过这种方式会合时，整体就形成了，不存在争夺地盘这回事。在那之前，我们同时行走在两条不同的道路上。两条道路汇合，便有了接纳、和平、互不侵犯。想象心猿是一个糊涂的士兵，走错了路，直到战争结束才到达战场。他在战场上坐下来，努力理解这场战争的胜利与失败。

我们先写，然后追上自己。片桐禅师说过：我们不知道其实此时此地的我们已经是佛。我们向外看，看到了别人身上的好，却没有看到自己的好。转过身来抓住自己的好，这就是觉醒。我们的意识，那个迷途的、恐惧的士兵，最终找到了自己。它猛然来到心灵旷野，并为之倾倒。我们了解了真实的自己。我们成为一个完整的人，而不是分裂成彼此矛盾的两个人。

我在陶斯市教的一个写作班里有个名叫“太阳彗星”的男人，20世纪60年代时他是嬉皮士，现在仍保留着嬉皮士的名字。他的课堂限时作文写得最是优美、令人惊叹，但我注意到每当有人夸他作品写得好时，他都是一脸震惊，仿佛有人往他头上浇了盆冷水。写作班结束两个月后，我听说他要在陶斯的一个画廊朗读作品。我非常激动，想听他朗读。我之前约了人，但为了去听他朗读临时改了时间。

朗读会糟糕透顶。我无聊到差点睡着，其他听众也是一样。他唠唠叨叨地读着一些连不到一起的模糊东西，跟他在课堂上鲜活的作品相比，简直是天壤之别。他不认为他在课堂上写的东西是可取的。他从未接受自己在笔记本上写的那些自由作文。他的显意识从未到过他的心灵旷野。

多年来，他继续参加各种学习班，继续写着优美、鲜活的作品而不自知。我猜60年代的时候他吃了太多摇头丸，毒品彻底分离了他的心灵旷野与心猿，致使二者再也不能彼此连接。他的显意识仍在那里绕着星球轨道运行，从未降落，所以从未见过也不曾认可他的写作，那些真正意义上的连贯的写作。

这种情况一直在发生：人们不能认清真实的自己。我们迟迟认识不到自己内心的伟大，也许永远都认识不到，但如果我们了解到这一缺口，我们就知道在写作中如何应对它。“啊，我们又落在自己后面了。”保持同情心。理解了这一点，我们就不会苛责或恐惧。我们可以友善一点。

那么，我们有没有过没有缺口、完全贯通的时候？有。四年前，我参加了一个写作马拉松，那时候我整个人与我写下的每个词同在。这感觉非比寻常。遗憾的是，我与周四晚间的写作小组一起完成这次马拉松，这个小组有个外号，叫“女孩团”。她们是一群不守规矩的人。马拉松进行到一半，她们就不想进行下去了，于是开始聊天。我简直不敢相信。那一刻，我知道我应该留在中西部的，不应该搬来圣菲。在中西部，我们肯定会完成马拉松。中西部的人会约束自己的行为。

别误会，“女孩团”并没有耽误我获得启蒙。我感受到的那种完整的存在感之后自行消失，回到了混沌的状态，回到了与编辑的稿约，但我尝到了完整自我的甜头。这没关系。任何情况下，我们都要继续。这就是为什么练习十分重要。无论如何，坚持写就对了。

试一试

连续十天每天写作。不要重读那十天写的任何东西，直到两星期之后。

然后找一张舒服的椅子坐下来，怀着一颗柔软的心，带着兴趣和同情读你的作品。标出其中亮眼的句子，将来写作练习时用在开头。将喜欢的段落用括号括起来。如果你愿意，可以扩充这些段落，不是加以修订，而是加入更多限时写作练习。

同时也要有勇气。勇于放弃一些写得好的语句。不必担忧。时间久了，好的语句还会有很多。你不可能都用得上。慷慨一点，允许闲置其中一部分。这是多大的解脱啊！我们能写得好并愿意放手，就像放弃写得差的东西一样。放手就好。

10 无写作

班里一个学生问我："写作练习和写日记有什么区别？我每天早上醒来都写日记。"

我点了点头。经常有人问我这个问题。我告诉他写日记有一种对自我、情绪和情境的痴迷，仅止于此。写作练习让我们经历这一切和其他所有，却不投入情感。我们意识到写作不为人知的一面是"非写作"。写日记似乎关乎思考、沉思与自我剖析。写作练习的原则之一就是"不要思考"。我们希望可以越过纷杂的思绪，抵达本初、新生的心灵，不是你的心灵或我的心灵，而是心灵本身。不是你在思考。思想从我们的心灵深处自然发生，不带个人色彩。这是心灵的本质——创造思想。心灵创造思想，不受我们控制，与我们的思考无关。不信你找个舒服的地方静静地坐下来，五分钟不思考，只观察鼻子吸气、呼气。我敢打赌你做不到。我敢打赌思想会悄然而生。写作练习知道这一点，知道我们不等同于我们的思想，而是让所有想法、想象、情绪经由我们，然后落实到纸上。写作是一个裂缝，从这里你可以钻进一个更广阔的世界，进入你的心灵旷野。因此写作练习是任何其他写作的先决条件。并且写作练习是独立的，你可以从写作练习直接转到短篇小说、长篇小说、散文。有时候人们写日记时确实会涉猎写作练习这个抽象的、飘浮不定的所在，但这并非日记的本质。

我第一次听片桐禅师讲话时，他 51 岁，来美国大约十年，还在学英语。他说："我近来在读笛卡尔，非常有意思。'我思故我在'。他忘了提另一面。我相信他知道，只是忘了提：'我不思，故我不在'。"

就这样，西方哲学在我眼前坍塌了。后来，片桐禅师又说："我在，故我思。"这是人类的天性，就像心跳和呼吸。思想确实是在不知不觉中产生的。高中生物课上，我学过所有的不自主器官的知识，但老师们忘了说——也许是因为不知道——大脑不管我们愿不愿意，一直在产生思想。我们控制不了思想的产生，而这些思想背后无人控制。

我们写的每个词背后都是无词。正因为无词状态的存在，才给了我们空间写词。因此我们练习写感情、写感知时，我们也触碰到了那个没有感情、没有感知、没有你，也没有人写作的所在。换句话说，你消失了，你与你的语句合二为一，不再分离，而当你放下笔，那个写作的你就不见了。

这就是为何我不把我的笔记本叫日记本。它们只是空白页，等着我去填充。

11 阅读

有些学生读完《再活一次》后，跑来告诉我说，他们决定要写作。想写作很好，但他们不阅读。如果你只写不读，不读任何其他作者的作品，那么你就是在真空中写作。

想象一下一个棒球运动员从不留意其他队员会是什么情形。想象一下米基·曼托（Mickey Mantle）[①] 走上本垒板，打出一记全垒打。比赛结束。他走出内野区域，离开了球场，没有跟任何人握手，也没有拍拍队友的肩膀。这是十分可笑的，不读其他作者作品的作家就是这样。

写作是团体活动，即便你独自写作。有些作者在积极努力地写东西时，不去读任何东西。这没问题，不过写作的一半是阅读，这一点显而易见，并且不只是读自己的作品，否则就像一条饿了只吃自己尾巴的蛇。不久，尾巴不见了，蛇还在吃，很快它会把自己吃光。

我们总是错过来自外界的营养和灵感。读些书，对我们有用。

---

① 美国职业棒球运动员。

12 放手去做

某天晚上我遇见一个医生，他告诉我，他一直想成为一名作家。

我点点头。人们经常这么跟我说。然后我愣住了。医生？有好几个医生跟我说过同样的话。我从小到大受到的教育是，医生就是正道！他们有钱，有地位，他们在救助人类。

继而我在心里对自己说："你知道，你从未遇到过哪个作家想改行。他们也许会抱怨他们写的东西，抱怨他们贫穷，却从来没说过想要放弃。他们也许会停笔几个月，但那些已经走向写作深处的人不会放弃。如果他们放弃了，他们会发疯、酗酒，甚至产生自杀倾向。"

写作是人类的基本需要。一旦你尝过它的精髓，倘若舍弃它，你就会陷入深深的自我否定和抑郁，就像你的身体没有了水。水在你的血液里，没它不行。

有时候人们对我说："我想写作，但我有五个孩子、一份全职工作、一个鞭策我的妻子，还欠父母一大笔债。"如此等等。

我对他们说："不要找借口。想写就写。这是你的人生。你要对你的人生负责。你不会长生不老。不要等。现在就抽时间，哪怕每周只有十分钟。"

试一试

列一个本周写作计划，严格执行。计划要现实一点。"好，这周很忙，我只写两次，每次 15 分钟。一次在周三早晨上班前，一次在周五晚上下班后。我会去紫李餐厅坐一坐，喝一杯咖啡，边喝边写。"

每周做周计划，做一个月，看看效果怎么样。如果你需要鼓励，可以说："好，这周我写一次，写半个小时。我要打电话给杰米，让他到红餐厅见我，跟我一起写。"你必须出现，因为杰米在等你。

即使在规定的时间内你不是一直在写作，这也可以帮你克服很多焦虑和神经过敏。

试一试

与其做白日梦想着你要写什么，不如抽 15 分钟坐下来动手写，以“我想写一写……”开头，往下写。具体一点，实在一点。不是“我想写一写真理、民主、诚实”，而是“我想写一写父亲那次当着我的面撒谎的事情，那天整顿晚饭我都可以尝到谎言的味道，尝起来像是热汽油。”

你脑子里如果在构思长篇小说、短篇小说或任何作品，试试上面这个方法。不要再苦思冥想，将你的想法写下来。“在我的小说里，我希望主人公是一个身高六英尺八英寸、红头发的女同性恋。不，我希望主人公是个男人，是个身高五英尺八英寸、留着胡须的会计，少了一个大拇指。”行动起来。积极地落实下来，用笔写在纸上，否则你的想法只是空想，不会有任何结果。让故事在你手下动起来，而不是在你脑子里。

好吧。你有一点抗拒？以“我不想写……”开头写十分钟。与其反抗它，不如将你的反抗心理写下来。这会让你的作品有冲击力。掌控好你的力量。

试一试

用“我想写一写……”的格式探索特定的写作领域。比如，我没怎么写过绘画和视觉艺术。虽然我喜欢画画，但没有体现在我的写作里。我想体现一下，所以我以“我想写一写……”开头写了十分钟，聚焦于绘画：

> 我想写一写黄色背景下的红色，与橙色背景下的红色比一比，还想写一写我如何与新墨西哥州罗伊村一栋丑陋的建筑成为

朋友，只因我坐在此建筑前画了它一整天。我想写一幅水彩画卖两百美元的我有多贪婪，以及我画了明尼阿波利斯-圣保罗双城的每个电影院，每个门口都在宣传《温柔的慈悲》。我想写一写电影，写我相信演员们的表演是真实的，不是在演戏，我喜欢电影里有关新墨西哥的画面，这样我就可以夜里坐在电影院看一看白天我眼中的世界。我喜欢愚蠢至极的画作，傻气中带点幽默，画画的人不太会画，但敢于尝试。我想写一写空间和形状，我想画泥土路、青石板路，我想把青石板路画成粉色，把天空画成黄色，把夏天又大又黄的月亮画成蓝色，蓝绿色，挂在白色的天空中，周围是银色的、金色的星星。我想画满是爱心的画，想画有桌子、会跳舞的椅子、糖罐子和银色纸巾架的画。我想说我从前不相信摄影，直到看了安塞尔·亚当斯的一个画展。之后我相信他与山川日月同行，之后我便爱上了黑白色。

现在试试其他领域：政治、你认识的人、动物、汽车、夏天、你去过的地方、游戏、餐饮、咖啡馆。

即使最后你没写一整本关于汽车的书，你在写作中也会意识到汽车，汽车会出现在你笔记本的字里行间。

还有什么领域是你不了解的或想要回避的？用“我想写一写（那个领域）”，从而让这个领域进入你的生活和工作。

试一试

好了，你坐下来准备列一份你想写的事物的清单，突然发现想不到任何让你感兴趣的事。那是因为你正在散漫的思维层面思考，就像一只水虫在水面上游泳。就像这样：“啊，没什么可写的。不知道吉姆什么时候会打电话来。我没什么可说的。”你开始打哈欠。你坐在一个餐厅里，注意到角落有个“禁止吸烟”的标识。要想列好清单，你需要做的是坠入更深的层面，抵达心灵和呼吸的层面，同时手不能停。下面是几个具体的操作办法：

（1）喝满满一杯水，不间断地、慢慢地喝，不要让杯子离开嘴唇。喝的时候，观察你的呼吸。观察你的嘴在吞咽前是如何充满了水。感受你的吞咽。向下往杯子里看。继续喝。喝完一整杯。然后放下杯子，拿起笔，列 5～10 个具体的写作对象。第一个可以是“我如何吞咽”。第二个可以是“塑料杯”。然后是“我的手”“我的胳膊”“河流”“我爱水的哪些特质”“夏天和冰块”“嘴唇上的清凉”。明白了吗？去做吧。

（2）沿着街区漫步，我是说慢慢地散步，模拟你想要的心灵状态——做梦一般，从而坠入心猿以下。倘若往商店橱窗里望的时候，你仍然满脑子都是你家保姆、你丈夫、你的饮食，那么再走慢一点。感受你的脚抬起往前迈步，感受你的脚趾在靴子里弯曲。或者选一种颜色，比如红色。在街区四处走走，注意沿途哪里有红色：停车标识、男孩的袜子、蓝色雪佛兰的尾灯。散完步，列出所有你看到红色的地方。然后列出你想写的事物。

这两条建议只是带你来到身体层面，让你摆脱心猿。你可以想出更多办法。

真正的写作来自整个身体。你希望走进去，住在那里，而不是幻想未来某次夏威夷之旅，而实际上身体却在圣保罗 I-94 公路上，在暴风雪中开着车。活在当下。最好的作品由此而来。

随时往你的清单里加东西，想到什么加什么。把这个清单列在笔记本的后面，以便坐下来写的时候，可以随手抓一个话题。

当然，你低头看清单的时候，心猿又抬头了：“不，我不想写祖母的鱼丸，也不想写她的杂物间。不，今天我对密西西比软泥派和香蕉奶油派都不感兴趣。”我得告诉你一件事——你坐下来写的时候，永远不会对你的清单产生兴趣。你需要走捷径。随便从清单里抓一个话题，就你第一眼看见的那个，开始写。说到底，没有完美的话题。你闭上嘴只管写就好。打造你自己的写作主题，是你成为自主作家的真正标志。我们不可能永远写老师让我们写的主题，并且你也知道那样做会导致什么——回到写假期里干了什么之类的僵硬作文的状态。

13 接受自我

我对学生说："不要扔掉你的作品。把它记在笔记本里。"高中生写作的时候似乎特别喜欢把纸揉成团扔在桌上。有时候我会停下来，拆开某个纸团。比尔皱巴巴的纸上左上角歪歪扭扭地写着日期和他的全名，然后是"我记得我母亲的"，就这样。一整张白底蓝线的纸就这么浪费了。我低头去看他的笔记本，看他正在写的那页，只见左上角写着日期、姓名，然后是"我记得我母亲的帽子"。除了多了"帽子"这个词，其他地方与他扔掉的那张纸一样——空白。揉皱的那张纸表明他的犹豫。我猜如果不是我经过他身边，弯下腰轻声在他耳边说："继续写，写得不错。别想，别删。"很可能他手边这张纸也会被揉成团扔掉。

我之所以让你在笔记本里写，而不是写在散页或活页本上，是因为这样写好的页面就没有那么容易被撕掉、扔掉或丢掉。我这么说倒不是因为我担心丢失文字，我们都有能力写更多的作品，而是因为这是又一项锻炼，锻炼你接受整个心灵。好的、坏的作品都写在同一个笔记本里（不，甚至不要去想好和坏，而是想想写作，想想你是否在场，是否与你的语言和思想相通），是一次让各类作品并置一处的机会，仿佛你的笔记本是一颗宽大的心，可以容纳一切。重读笔记本时，如果你所有的作品都在里面，你就有机会更好地研究你的心灵，观察它的起起伏伏，而笔记本就像一张图表。

我们需要学会接受我们的心灵。相信我，对于写作来说，这是我们的一切。如果我能有马克・吐温的心灵，那固然很好，但是我没有。马克・吐温是马克・吐温，纳塔莉・戈德堡是纳塔莉・戈德堡。纳塔莉・戈德堡在想些什么？事实上，我有时是个乏味的人。我甚至会思考尺子、木桌、代数问题。我不明白为何中学时母亲每天给我准备的午饭都有金枪鱼。继而，就像一只鲜亮的红雀从灰色天空中飞过，一道灵光在我脑中闪过，一瞬间，我整个人被颠覆了。但这不过一瞬而已，过后天空又恢复了灰色，就这样持续半个小时、一整天，或者持续到我写满八页。通过重读笔记本，并把所有作品写在笔记本里，你得到一次研究你心灵的机会。从某种程度上说，从写作中窥到心灵的运作，可以让你对自己的想法少一点依恋，少一些批判。

为了写作，我们必须接受自己。而事实上，没有人能完全做到这一点，能做到一半的都算很不错了。不必等到百分百接受了自己才开始写作，甚至不用等到百分之八十。只管写就好。写作过程本身就是在教我们接受自己。

“这个暑假你做了什么?”很久之前的一个 9 月，那时我上八年级，英语老师让我们写这个题目。我一上来就写道：“我去了……”然后我想：“哦，纳特，难道你想不到用比‘我’和‘去了’更好的词来开头吗？用个好一点的动词。”我删掉“我去了”，写道“她骑车”，随后又删掉重写。我先后写了好几个开头：“一家人去看望了”“这个夏天”“刚刚过去的这个夏天”“回想”，最后都删掉了。开头用哪两个词有什么打紧呢？反正后面可能要重写，我应该不受干扰继续写才是。

后来我写了我整个夏天都在打垒球。好吧，那是在撒谎。整个夏天我一次垒球都没打，但我觉得那是一般孩子夏天会做的事，所以就这么写了。我觉得那是老师想要看到的。我还加了几句：“太好玩了。这个夏天过得很有趣、好玩。”

首先，规则一：不要在你的作品里用“很好”“有趣”“好玩”这些词，写这些等于什么也没说。

事实上，“我这个夏天做了什么”可以是个很有趣的话题（啊哦，刚说完不要用“有趣”，我就用了。我们也可以打破所有规则。知道规则是好事，但怎么对待就随你自己了。说到底，规则又是谁制定的呢？上一段的规则就是我片刻前一边写一边定的）。问题在于，在学校没有人教过我们如何进入话题，也没有人允许我们写真实发生的事。“我父亲穿着内裤坐在餐桌前，一边喝啤酒一边打蚊子，而我坐在厨房的地板上，试图拼出一个两千片的拼图，成图是夏威夷岛。我吃得最多的是奥利奥。我哥哥大拇指扎进了一块碎片，罪魁祸首是后边的纱门。谁都弄不出碎片，眼见他的大拇指感染了，肿得像头大象。母亲把头发染成了红色，她每晚趁着父亲喝得酩酊大醉，偷偷跟一个叫查理的男人出去。”

写实情。同时记住本章开头我在那个孩子耳边悄悄说的话：“继续写，写得不错。别想，别删。”在内心培养一个“甜心”，在你耳边悄声鼓励你。说真的，你既然能在心里创造一个编辑，必然也能创造这个甜心，这个觉得你做得还不错的和蔼的教练。“但我并没有做得不错。”谁说的？你心里的编辑？你昨天、上周、上个月、去年、过去十年杀过人吗？应该没有吧？那就不必担心。放松一下，不要苛求自己。你很可能是个非常不错的人。唤出甜心，让她赞美你几句。

试一试

说到甜心，这个我们即将在内心培养并具象化的人，她唯一的工作就是做正面思考。不是盲目乐观地思考，而是诚实、正面地思考。

“纳特，我真为你骄傲。你今天上午写了三个小时。”甜心说道。

“没有，她在桌前坐了三个小时。写作的时间加在一起也就一个小时。剩下的时间里，她都在做白日梦。”编辑或者说评论家跳出来反驳甜心。

甜心还击：“这个时候别理编辑。她就是个烦人精。相信我，就算你每天只写一页，一年也能写 365 页，这是一部长篇小说的长度了。”

写十分钟，给甜心一点发言权。这个人可男可女，由你自己决定，可以是母亲、祖父、老师——任何在你人生中起积极作用的人。如果能将他们融合到一起，那就再好不过了。也可以将超人、佛祖、哈莉特·塔布曼（Harriet Tubman）① 融进来。给予那个甜心力量、肌肉、勇气，但不要好战，不要浪费时间与编辑争执不休。甜心拥有巧妙的手段和智慧，并且知道，与编辑争斗只会让自己停滞不前。

你也许会说："但我不相信甜心说的好话。"

那好，现在就开始练习相信，即使你并不相信。尽管去接受赞美吧，就算这会要了你的命。

为什么相信批评，而不是正面的回馈呢？我们习惯于对负面信息做出反应。我有个朋友天生丽质。我认识她一年才意识到并消化一个事实：她一直对自己的容貌感到难为情，很少觉得自己的长相过得去。实际上，大部分时候她觉得自己长得丑。她是个乱伦性侵受害者，因为父亲的缘故，成长过程中她一直对自己的相貌感到羞耻。她相信他的话，胜过镜子里那个有血有肉的形象。她父亲的话歪曲了现实。

这也是编辑做的事。编辑说："你是个烂作者。"我们信了她。根本没有"烂作者"一说，只有坐在桌前练习，将自己的想法、记忆、愿景、故事、观感写下来的作者。

去吧，十分钟。只管写。编辑的权力太大了，给甜心一点发言权。

试一试

好了，最后让我们来解决那个困扰我们已久的烦恼。写一写你的暑假，写一写这个你每年秋季开学都要写，并且已经写了几百遍的作

① 美国废奴主义者。

文。不过这一次，说真话：那个夏天你到底做了什么？回到八年级开学前的那个暑假，写一写发生了什么。有什么是你记得很清楚的？整个夏天也许你只记得某一天，那天你发现原来女孩在亲吻时有时会把舌头伸到你的嘴里。那是老萨莉干的事。当时你们在学校的停车场，下午 4 点，在榆树下。这个吻击倒了关于那个夏天其他日子的所有记忆，更不用说几乎击倒了你的牙套。

40 岁那年夏天你做了什么？28 岁那年呢？离婚后的第一个夏天呢？结婚前的最后一个夏天呢？

记住要具体一点，说出细节。开足马力，一次讲完。让我们告诉老师究竟发生了什么。相信我，我自己也曾是老师。我可以肯定，他们看到你的作文后，很可能会松一口气。试想，“这个夏天我过得很好、很有趣。我们玩得很开心。”对于这样的作文，一个老师能忍受多少篇、多少年？

好吧，你住在纽约上州[①]的一个小镇，整个夏天什么也没发生，非常无聊。那就写细节。那个夏天，我和我的黄猫必定沿着土路走了 380 次，走到路的尽头去取邮件。邮差很少来。我们每天检查八次邮箱。我想说那个夏天我遇到了某个大明星，但是没有，我只是坐在门廊前的秋千上，一遍又一遍地数着 T 恤上的红色条纹。

这周的每天或每周一，当你与朋友相约在蓝月餐厅一起写作时，点一份法式炸薯条，写一写夏天发生的事，每次写一个不同的夏天。写十分钟。不，还是半个小时吧。你有很多东西要讲，我能感觉到。

---

① 泛指纽约州除了纽约市及长岛以外的所有区域，并无官方或正式的行政界线，以市郊居住区为主。

14 新鲜写作

我的学生经常问我："你写小说时会采用写作练习吗？应该不会吧？"

我点头："会用。写作练习可以带来最新鲜的写作，为什么不？"

"我是这么做的：在第20章，我知道内尔从博尔德出发，开车前往内布拉斯加。我知道本章结尾时她必须抵达诺福克市。这些是我的参数：她从博尔德出发，终点是诺福克。我对自己说'好的，写一个小时'，或者更久一点。我不知道开车途中会发生什么，写的时候才会知道。写作就是一次发现的过程。如果我事先什么都知道，何必费劲去写？"

我也通过这种方式来修改小说。我会把初稿搁置一周左右，好在重读前产生一点距离感。重读时，我如果发现应该多花点笔墨写内尔的棕色帽子，我就会在需要添加内容的地方写上一个字母A[①]并圈起来。然后在另一页纸的上端也标上A。我说："写吧，纳特，花十分钟写内尔的帽子。"我一次又一次回到写作练习。这样做让我不断有机会回归新鲜写作，甚至修改时也是。如果是用电脑写作，我就会在需要添加内容的地方标上字母A。

我所有的原创作品都是手写的。这给了我更大的机动性：我可以在飞机上写，也可以在咖啡馆和朋友一起写。并且手写感觉与身体联系得更为紧密，我的手随着手臂和肩膀而动，连接到胸腔和心脏。所有佳作都源自身体，是一种身体体验。

你会打字或者用电脑吗？当然。那是另一种身体行为，可能会产生略有不同的另一种声音。

---

① 英文add（意为"添加"）的首字母。

15 口头限时写作

我在明尼苏达州北部开了一个写作班，鲍勃来旁听。我给班里的学生布置了一个任务，题为“我记得”。我让他们以此开头写十分钟。鲍勃有事中途离场，后来他说在开车返回明尼阿波利斯-圣保罗双城的三个小时里，他做了一个口头的“我记得”的叙述。他说他想起了一些他之前已经忘掉的事情：被人从露露烧烤店赶出来，第一次去竞技场参加摔跤比赛，尝的第一口酸橙派，叔叔戴夫把咸菜装进罐头里，20 世纪 60 年代杰克逊维尔市那些灵魂乐场所弥漫的味道。

他就是这么做的，非常简单。他一遍遍地重复“我记得”，直到有画面出现，他就根据这画面来口述。每当思绪卡在什么地方，他就重复“我记得，我记得”，直到另一个记忆浮现。他说三个小时过得飞快。

一周后，我们开着他那辆旧旅行车一起去郊外，他说：“来吧，试试。说十分钟‘我记得’。需要一个主题吗？就鞋子吧。”

我僵住了：“这我做不了。就这么说出来，太没遮拦了。”

“来嘛。”

“好吧，好吧。不过说得不好你别见怪。”我闭上眼睛，开始重复，“我记得，我记得”。让我感到意外的是，我很快就进入了平时写作的状态，记忆开始涌现。我任由思绪游走。两句之后，我就从鞋子转到了其他话题。最后，思绪落到了我们正驾车驶过的乡村：嗡嗡作响的电话线、蓝色的燕麦田、汽车行驶的速度、黄昏时色彩消失的方式。

我又接着继续说下去，说到艾奥瓦州新阿尔宾市附近禅宗地界的温尼贝戈溪，说到我在那里撞过的钟、红色的谷仓、热鱼商店、停满农家大型美国轿车的停车场，还有我们躺在铁轨旁的砂砾上，朝距离头顶 20 英尺处的电线扔着灰色石子。我还说到威斯康星州以及那里的奶牛和野生蘑菇。

当我完成这一切，手边什么也没有，连一张写了字的纸都没有，但我知道我的心灵已经走过了一段小小的旅程。

后来，我和朋友凯特坐在密西西比河旁也这样说了一次。我们给彼此提供话题：床、食物、汽车。我们以“我记得”开头，但这几个字不过是热身。你也可以用“我看见”“我知道”，或者舍去铺垫之词，直入主题说一连串话。

我很兴奋，跟凯特说，我们下次朗读会就采取这样的方式。“听众抛出话题，我们口头即兴作一篇‘我记得’。”

“你想啊，凯特，”我对她说道，“我们要么摔个跟头，彻底失败，让自己成为笑柄，要么就是天才，一呼一吸间都在写着最本真的诗。”

我当即认定纸和笔已经过时，一个新的方式已经诞生：对已经写好的诗来一次诗歌朗读，读出纸上的诗篇。我希望抛弃一切载具形态，只留初音。

对此我兴奋不已。现在两个月过去了，而我一篇口头作文也没做。我说不出为什么——明明有趣得很。我猜我已经习惯了用纸和笔写下来，便于过后翻看，这样的习惯很难改掉。我尚未达到风的境界：只出声，不显形，而后消失。

试一试

口头说几篇“我记得”。可以和朋友一起，也可以自己一个人练习。

经常有学生说，他们在外面跑步、散步或者开车时，脑子里出现了精彩的诗或故事。那么这就是下一步你要做的。当你在外面跑步、散步或者开车时，张开嘴巴说出来。随便地说。不要思考，不要考虑逻辑，不要试图加以控制。

这样做会让我们做好准备，说不定未来某天，森林资源被我们耗尽，再也没有纸张了呢。

16 从头来过

1月的某个周末，新墨西哥州北部几年不遇的暴风雪不期而至。到了周六下午，好多路都被封了。我和朋友索蕾尔决定沿着峡谷路走两英里去餐厅吃饭，然后去看那部讲查理·帕克（Charlie Parker）①的电影《大鸟》（*Bird*）。

索蕾尔当时刚参加她的第一个写作小组，每周三，和琼一起。我对她说："嘿，我们带上笔记本吧，中途在阿拉米达旅馆的报刊店停一下，做点写作练习。"

她说："好。"

雪很深，很美。走到报刊店的时候，我们很冷。她点了杯拿铁咖啡，我要了杯热巧克力。我们坐在靠窗的小桌子旁，打开笔记本。那里没有别人，只有索蕾尔、我和柜台后的女人。

"好，我们以'性'为主题写15分钟。"我大胆说道。

"'性'的哪方面?"索蕾尔问。

"随便，我不知道。"我笑道，"你可以从我开始写。"

她把头凑向我说："呃，我不会大声读出来的。"说着，她环视了一遍店内狭小的空间。

我右手一挥："别有顾虑，尽管写。"

我们埋头写了起来。其间，有个男人走进来买了份报纸，他围着一条红色围巾。我用余光瞥到了。

"好，时间到，停下来吧。"我说。

索蕾尔又多写了三分钟。写完抬起头，她很满意，但是又摇了摇头："我不读。"

"哎呀，来嘛，没人在听。"我说。

"不，不，不，不能读，我不要读。"她说。

---

① 美国萨克斯演奏家。

“我先来。”我说，试图忽略她的反抗。

我读了。我已经记不起我们当时写了什么。

然后我们又开始了新一轮拉锯战。我说：“来嘛，没人在听。”她摇头。

“听我说，不会有人那么在意你写了什么。你什么都可以说。而我知道这是写作练习。”我解释道。

最后，为了防止几步之外站在柜台后面打电话的那个女人不小心听到，她以近乎耳语的声音读了一遍。

读完后，她抬起头，一脸兴奋和满足。“我不知道怎么想到这么写的，怎么会去写史蒂夫。”史蒂夫五年前跟她交往过。“我没写你，你不会不高兴吧？”她问道。

“不会，这是写作练习。你跟着心走就好。”我解释说。第一次写作时，心灵将我们带到各种奇妙的地方，而今我已经忘了那种感觉有多美妙。

接着我们又在雪地里一路跋涉，到瓜达卢普餐厅去吃晚饭。街灯亮起来了。我从未见过如此平静的索蕾尔。“是写作练习。”我心想。她接受了自己的心灵。而我写了太久，已经彻底忘了那种感觉。

晚饭时，我又开始了老一套：“好了，赞美我十句吧。”

对此索蕾尔通常是拒绝的，然而那天晚上她很放松，赞美之词滔滔不绝。从电影院出来后，我们走了两英里路回家。路上很冷，前一英里我们边走边玩文字游戏。我们用沿途出现的事物给彼此起爱称：“啊，我的小风滚草，我亲爱的停车标志，我的小山艾，我可爱的铺好的马路，我的小马路牙子，我的宝贝伟邦涂料……”

索蕾尔以前绝不会这么做。写作练习的魔力陪我们度过了那个夜晚，我却已经忘了那感觉有多美好。我需要再找个新手和我一起练习。

17 直面自己

昨晚我在阿尔伯克基的满圆书店教了一堂时长三小时的写作课。我给住在西南河谷区的老朋友珍妮特打了电话，请她过来。我认识她已有不少年头，但她从未见过我教课。

“可以，不过你要答应我，别点名让我读。”她说。她是珠宝商，从未接触过写作。

“我保证。”我说。

课间休息的时候，珍妮特跑过来找我。“纳特，我刚才写着写着竟然哭了。我简直不敢相信。这就像心理治疗一样。我甚至想举手站起来读。你想听听吗?”

“当然。”我说。听她把写作比作心理治疗，我的心纠结了一下。是有人这么比过。我什么也没说。写作不是心理治疗，而是文学的根，直接连通你的心灵。

珍妮特给我读了她的习作，写得很好。我这才知道，原来她那些漂亮的珠宝首饰，灵感都源自她童年时期迈阿密海滩上随处可见的艺术装饰酒店。

课程结束的时候，她又来找我。“纳特，我写的时候，眼泪止不住地流。我心想，哦，管它呢，反正我又不用读，所以我真正释放了自己。然后你说：‘转过身去，读给你身边的人听。’我差点当场晕死过去。但我读完以后，她却感谢了我！你知道吗？我根本不知道自己有多伤心。我脑子里不停地回放童年时期的种种伤心事。”

我点点头。是的，我也忘了这一点。如果你在写作中释放自我，你自然而然会一遍遍地触碰软肋，直到完成未竟之事。我现在总是实事求是地释放自我，而后纳闷写作何以如此痛苦。

“我的天，纳特，长期做这个，我会死的。”珍妮特对我说。

“是的，现在你懂了。我一天到晚都在做这个。”

由于从事写作时间太长，我大概以为每个人每天都在绞尽脑汁地酝酿情绪。我不曾意识到人们也做其他事情，比如制作耳环、领带、手镯和戒指，比如跳舞，比如理财。我以为所有人都会对着笔记本咬牙切齿。

试一试

今年夏天我与凯特・格林（著有《破碎明月》（*Shattered Moon*）与《暗夜天使》（*Night Angel*），戴尔出版社，1986、1989）一起开了个写作班。她说了一句我需要反复提醒自己的话："要想写作，你必须甘愿感受不安。"很好。确实如此。

写让你不安的、害怕的、不愿意提及的事。写上 10 分钟、15 分钟、20 分钟。心甘情愿地撕裂自己。

试一试

有一个领域人们写得不多，但只要想写，便是一条广阔的思路，那就是睡眠。试一试。可以写：不同的睡眠模式、失眠的夜晚、大白天睡觉；睡在一起的两兄弟、情侣；睡在外面；睡过的床；在异国他乡的旅途中睡觉；不睡觉。

说到底，什么是睡眠？这就像那个老把戏：一遍遍重复说你的名字，说到你不认识为止。睡眠是我们生活的另一半，处于暗处的那一半，需要我们去探索。

另一个写得不多的好话题是牙齿。写 20 分钟。看看关于牙齿你有多少要说的。不要忘了你自己的龅牙、你妹妹的牙套、你那个有口臭的牙医、你曾经喜欢的那个前排牙齿不整齐的女孩。

18 我真正想说的

在写作练习中，有时你就是在盲目地写，自己觉得无趣，没什么进展，也没说什么实质性的东西。你心里清楚，但又不知道如何打破困境。告诉你一个有用的技巧：写到言之无物的时候，在句子中间插一个破折号，写上："我真正想说的是……"，顺着思路往下写。这么做可以让你潜入一个更深的层次，或者来个180°大转弯。这个策略可以帮你连接到内心世界。

> 我早上起床后冥想了一会儿，然后去跑步。我来到加里斯特奥报刊店，点了杯西柚汁，然后我——我真正想说的是，我昨晚做了个凄惨的梦，跟纳粹有关，具体内容我记不太清了。昨晚临睡前，我把口香糖粘在了床头柜上，我不知道这样没有性生活的夜晚我还能撑多久。这是一个忧郁的星期天，我假装很开心地给花园浇水。我不开心。我很寂寞。寂寞就像是一条跟随了我好几年的狗，一条黑狗，让我不得安宁。

19 保持专注

5 月，我为圣菲的禅修中心开了为期一天的公益写作班。我请那儿的禅僧罗伯特讲授冥想的部分，讲一节禅宗课。

在他的课上，他说禅宗诗歌的特点是带着一种空间感和一丝哀伤。

我同意他的观点。哀伤源自对无常的认知。所有事物最终都会消亡。为什么要哀伤？因为我们心中有爱，不管我们变得多么平心静气，我们终究不是冰块。我们是有感情的人。

罗伯特说起许多年前他读的第一本禅宗书籍，那时他很年轻，大概 17 岁，那本书是约翰·布洛菲尔德（John Blofeld）的《黄檗禅师传心法要》（*The Zen Teaching of Huang Po*）。读完之后，他想要亲近一切。他向着树木、书籍以及杂货店里成排的生菜鞠躬。他说，朋友都觉得他疯了。

我觉得他很棒。这就是禅宗的宗旨。亲密接触这个世界，并且知晓世上的一切都在变化。当然会有哀伤，但又是多么甜蜜。而最核心的，是勇气。我们知道世事无常，却没有因此陷入困境。我们敢于站起来面对，亲密接触一切，不只亲近人类（尽管这已经非常困难），也要亲近天空、水、椅子、黄油、奶牛和人行道。这不也是作家的行为方式吗？

罗伯特接着又讲了点别的。他说，他和在纽约当舞蹈家的妹妹苏茜发现，他们彼此有一个共同点：都有专注的能力。苏茜是通过跳舞学会的，罗伯特则是通过冥想。两个人都有一套方法让自己潜心钻研。

罗伯特说，他的画家母亲必须创造一个紧急状况或悲剧情境才能做到专注。她经常威胁要跟父亲离婚，将自己推向情绪崩溃的边缘，只有带着这股情绪她才能创作一幅新画。

耳熟吗？我们常常将生活过成紧急事件，从中获得一点刺激，强化我们的感官。“哦，天啊，我早饭过后到现在什么都没吃，我必须吃点东西了，不然我会死!”我们都听过这种话，甚至自己也说过。本来只是“我饿了，我要吃个三明治”，但我们添油加醋，加入了戏剧化的成分。我深谙此道。米里亚姆说：“纳塔莉，对我来说，吃午饭就是吃午饭。而对你来说，吃午饭是一次经历。”

有一些正面的方法也可以帮你做到专注。不是非要把自己弄得心神错乱、穷困潦倒、苦不堪言，才能当作家。限时写作是一个办法，找朋友一起写也是一个办法。这可以制造一点正面的压力。

还有一个办法，是我刚发现的。当我不能严于律己、按时写作时，我常常给朋友打电话，约他们在餐厅见面，一起写作。这能克服我的拖延症。

前段时间，我每天上午在陶斯艺术学院教课。我起初计划中午下课后一个人步行到花园餐厅写作。好吧，前两周我一个字也没写。到了中午，我参加了学生们的交际活动。

“嘿，纳塔莉，去不去苹果树餐厅吃午饭？我们都去。”

“好啊。”我说，然后就和他们一起闲聊，一下午不知不觉就过去了——事情的进展往往如此。

我知道，要想让写作有点进展，下课后我必须约个人见面。

我打电话给桑妮：“12 点半在花园餐厅见面，可以吗?”

“唔，我不一定能到。”她说。

“没关系。不用告诉我你能不能来。我会假装你要来见我。你不来也没关系，不过我会在那里。”

那个周一，我脱离了午饭大队，因为我要去见桑妮。一到那儿，我就开始写作。两小时后，桑妮过来打了声招呼。

我对她说：“听着，明天下午 1 点在这儿见。”我抬起手，“不要告诉我你来不来。我会假装你来，我会来这里待着。”

这办法很奏效。我现在都是给她的语音信箱留言："喂，桑妮，明天 2 点花园餐厅见。"我甚至都不用列时间表。她知道，她来不来都无所谓，但我一定会去，因为有日期，有时间，我必须出现，以防万一。

到那儿之后，写作就不成问题了。花园餐厅是我写作的老地方。在那里，我一般就是：坐在小隔间里，点一杯热巧克力，内加四分之一杯脱因咖啡，打开笔记本开始写。下一周我可以翻下日历，每天定一个时间约自己写作。后来，我甚至不需要再打电话给桑妮。

这可能看上去很傻，但总比为了给自己灌注活力，以及创作所需要的紧张度和驱动力而制造紧急状况要好得多。只知道世事无常，对人类来说往往还是不够的。我们还需要给自己当头一棒。

20 一次朗读会

1976年，我在科罗拉多州博尔德市那洛巴大学学习了六周，师从凯鲁亚克精神诗学学院的艾伦·金斯伯格（Allen Ginsberg）[①]。某天晚上在一个高中体育馆有一场规模盛大的朗读会。看台上坐了六百人。那晚有许多赫赫有名的诗人朗读了作品，包括金斯伯格。我记得他们朗读得都很精彩，我们给他们加油助威。然后彼得·奥洛夫斯基（Peter Orlovsky）[②] 站起身。他随意翻开日记本，丝毫不加修饰地读了差不多十分钟。

我们都知道写日记是什么样的——一页一页写满了自己的“垃圾”。彼得·奥洛夫斯基也不例外。他读的东西很无趣，并没有让我们感到愉悦。但是现在，14年过去了，唯一给我留下深刻印象的却是他的朗读。我不记得他日记里写了什么，但我记得我的愤怒以及对他的敬佩，佩服他有勇气把自己内心平凡的一角摊开给我们看。他不求伟大。他容常人所不能容，接受了平淡无奇、日复一日苦工般的写作。他读得不“帅”，也不刺激。他只是给我们展现了写作中不为人知的那一面：需要付出多少努力才能写出其他朗读者那样的作品。这一点让我钦佩。

---

① 美国诗人，“垮掉的一代”代表人物之一，代表作有《嚎叫》。

② 美国诗人、演员，艾伦·金斯伯格的伴侣。

21 朗读

朗读自己写的东西很重要。写作小组成员写完之后，我立马要求他们读出来，可以对着所有人读，也可以在组内读，或者读给旁边的人听。这是写作过程的一部分，就像弯下腰够脚趾再起身。不断写，不断读。你会对写得好与坏变得没那么在意。“我写了这个，现在我要读出来。”没什么大不了。如果你不读出来，你写的东西就会像被感染了的伤口，在笔记本里溃烂。我说不出为什么，但仅仅是读出来这么一个简单的行为，就能让你释怀。别忘记这一点。相信我，它很管用。开始的时候，你也许会很畏惧。嗓音会颤抖，心脏会剧烈地跳动，连呼吸都会紧张。我们开玩笑称这种情况为一种呼吸疾病。但从来没有人死于此病，所以不必担心。

我和朋友吉宁力求每两三个月见一次面，抽出几天时间闭关写作。每天下午 1 点之前，我们通常各写各的，然后聚到一起朗读写好的章节，一起讨论。我在她位于圣克鲁斯的房子后面的小木屋里写作，1 点钟从木屋出来的时候，我常常觉得自己是个糟透了的作家，我写的东西全都毫无价值，我去当水管工可能更合适。但当我们坐在她家餐厅里，她那只长了对斗鸡眼、名叫布兰奇的猫慵懒地躺在桌子上，我读完我写的东西，情绪就跟着放松了下来。这并不是说我发现我写了什么了不得的内容，而是那层笼罩在我心头的愁云惨雾被驱散了。没什么大不了。也不是因为吉宁说了什么，而是对着另一个人朗读这件事本身就有这种魔力。

刚刚过去的这个周末，吉宁在最后一刻没能坐上飞往新墨西哥的飞机，没法和我一起闭关写作，所以我们俩决定各写各的。第一天下午 1 点的时候，我无比痛苦。我知道我不只在写一本烂书，我的内心还充满了悲伤。

吉宁那晚打电话来，我跟她说了我心中巨大的悲苦。“给我读点什么吧。”她说。我给她读了一点我写的东西，那种绝望瞬间有了好转。人生并没有那么糟糕。我理解了自己。

现在已经是我们各自闭关写作的第三天。我刚听到吉宁发来的一条很长的电话留言。她认定她过去两年一直在写的那本书是一部惨不忍睹的失败之作。

听到这个，我笑了。我过会儿会给她打个电话，让她读一章给我听。她一定会感觉好一点。

我不太清楚这种朗读究竟有何深意，但我们的写作时常会变得拖泥带水，过多地被心猿左右。朗读给了我们一次向别人公开的机会。

22 不要执著于闪念

12 年前，我坐着一辆长途巴士去丹佛，途经内布拉斯加。我坐在靠窗的座位，大口嚼着芝士三明治。时间是下午晚些时候。对面路边上侧躺着一头体型很大的奶牛和一辆半挂车。我猜它俩撞到了一起，都翻了。那是我的思维逻辑。我的诗性头脑看到了潜在的诗意："哦，天啊！人与自然，动物与工业。"我迅速掏出笔记本，开始写。

两周后，我回到陶斯的家中，还在为那个意象虚耗时间。我划掉的诗句有一百句之多。我有了一个创意，我想把这个创意写成诗。我决心要挖一个深坑。

布雷特走进了房间。他是我当时的伴侣。"嘿，纳特，怎么了？"

"听听这个。"我说。我给他读了其中几篇，很做作，不自然。

"你还在跟那头奶牛较劲？"他难以置信地问道。然后他顿了一下，说："忘掉这个想法吧。让奶牛和你一起坐长途巴士，让半挂车在路上行驶。琢磨一下，从执念里走出来。"

布雷特这么说之前，我最初的灵感早已经死了。即使我把奶牛放到巴士上，让半挂车跳吉格舞，而我自己在天上飞，我也不过是拖着几件已死之物在这世间做最后的返场表演而已。在无数次加工那个意象的过程中，我已经杀死了这些事物。

如果你发现自己正在这么做，正在把一个闪念逼进没有窗户的房间，那么就放弃吧。我知道，我们都这么做过。没有哪个意象珍贵到这种程度，放手就好。还会有别的意象出现。

但另一个问题在于：我在开始写之前就把灵感冻结了，变成了僵化的概念。我从奶牛、半挂车、坐在巴士里的我这些现实，跳入了对工业生活抽象的逻辑思考。这是两层思考。我应该专注于奶牛、路、卡车、内布拉斯加的气味。我有了想法，于是掏出笔记本，但之后我应该放开一切——我应该抛掉所有想法，让写作自行展开。事实恰恰相反，我想控制——我有了这个伟大的想法——厉害了！我要实现这个想法——我们由此变得盲目、固执。

最初的主题最终可能与我们真正需要说的毫无关系。让手只是不停地写，让一切将要发生的事情自然展开。把写作交给写作本身。不要因为你觉得应该发生什么事情，就用你的头脑去操纵。

试一试

这个练习叫“剪贴”。找几篇以前写的诗、日记之类的，用剪刀剪出一些句子。把这些句子放到一张空白纸上，随意摆放，将不同来源的句子混在一起。再从电话黄页、词典、杂志里找一些句子扔进去。摆弄这些句子，换一换顺序，剔除几句，再补充几句。如果摆弄出了你喜欢的语句，就用胶水把它们贴到纸上。

你也可以找个朋友一起做这件事，从各自的作品里挑选句子穿插到一起。

这是个很好的练习，可以帮助你打开思路。

现在，做一个十分钟的限时写作练习。保证每句话的话题与上一句的主题不同。刚开始你可能会觉得办不到，但之后就会觉得有趣。这个练习很好，可以让你的思维变得敏捷，进行跳跃式思考。

23 像野兽一样奔跑

我参加了一个田径俱乐部。已经上了六周课。教练很棒，知道怎样一点点逐渐增强我们的体能。第一次上课的时候，他跟我们说，一年后我们的体能储备就能赶上奥运赛跑运动员，并且如果头开得好，我们一辈子都能跑，甚至可以在山道上一次跑一个小时。而且他说的是奔跑，不是慢跑。

我站在那里，毫无信心。我在心里摇头，心说："不，不，我不行！特里，你根本没意识到我是什么样的人。我天生不是这块料。不管怎么努力，我都没办法健身塑形。"

然后我听到大脑深处另一个声音说道："纳特，你一直有一个梦想，想要跑步。先试五个月，到时候再放弃也不迟。"

昨天早上特里说，我跑得像只野兽。我激动了一整天，甚至在运动鞋上写下了"我跑得像只野兽"。但我知道，真正的原因要追溯到上周。我在加利福尼亚圣克鲁斯吉宁的小木屋里闭关写作，独自一人坐着写了好几个小时。我深入到了不可控的黑暗之中，写着写着竟不知自己是一个词、一页纸还是句尾的句号，只知道自己不是人类。我曾有两次脱离这种状态：一次是吉宁来机场接我；一次是第二天早晨与她一起吃早饭时，我告诉了她我最难以启齿的秘密。我对她说："我很寂寞，很煎熬。"我们谈到了我人生最深层的问题。她点了点头。我们吃完了米糊、芝麻酱、水果和坚果，她喜欢用这些做早餐。然后她回到自己房间写作，我回到小木屋，忘掉我生而为人的寂寞和痛苦，投入到笔记本、笔和词语中去。

从加利福尼亚回来后的第二天，我跑得像只野兽，这就是原因。我不知道我是谁，所以我可以是任何事物。特里说跑，我就跑。停下来之前的一瞬间，我的大脑清醒了，它说："哦，天啊，我的身体做不了这个。我会摔倒的！"但那时我已经到了终点线，所以跑完了全程。

24 打破固定思维

昨天琼在她的写作课上说：“好了，你家在哪里？想象你在家里，写十分钟。”

随后，我们在课堂上转来转去，每个人都读了自己写的内容。我的如下：

> 夜晚是我的家，雨和繁星也是。沉思室的钟声将神游在心灵家园的我拉了回来。甚至片桐禅师也是我的家——他的声音、他的手和脚。他穿着黑袍，像一只乌鸦坐在那里。我现在正重读他的书，他对我来说是家，但我一度忘了他是多么天真无邪。上周三去机场的路上，我对他的死亡有了某种认识，自那以后心里便不再那么难受了，具体什么认识我说不上来，但我的思想发生了转变。我迫不及待想见到他，他在受苦，我很难过，我想帮助他。我知道他很好，我们都很好。我父亲每天早上 7 点走一英里路去汉堡王领特供给老年人的免费咖啡，再走回来，我知道他也很好。他有他的生活，我有我的。
>
> 我今天在跑道上跑得像只野兽，这是特里说的，我一直都知道我可以。当我为伟大的赛跑运动员倾倒时，我就知道我骨子里可以跑得像只野兽。我并不想当一名伟大的赛跑运动员，我想当一只野兽。我在乎写作，不是因为写作本身。我写作有别的目的：为了挖一个深坑，当我把众多野兽召唤到面前时，我可以坐在坑里，而不需要逃跑。我知道如何应对它们。我把它们记到纸上。
>
> 我希望像那些老禅师一样，他们最大的魔法不过是喝一杯茶。我希望他们能给我腾个地方。现在我与他们坐在一起。我感受着我的呼吸，尝试着身心合一，漂浮于当前的现实之上——这再也不是他们的专利。他们有的，我也想要，其实我一直都有，只是我自己不知道。我不希望父亲死，不希望片桐禅师死，因为

> 这让我离死亡又近了一步。我和死亡之间再也没有屏障，只有我和我必须去跳的死亡之舞，再无其他。我在死亡中找到归宿。活着更难，但写作是一个很好的家。

让我惊讶的是，课堂上其他人都囿于家的字面意思。他们写的都是他们住的房子或是某个特殊的房间。

然后艾迪读了他写的东西。他坐在我旁边，是最后一个读的。他是这么写的：

> 昨天我在阿瓜弗里亚大街看到了那辆橙色的达特桑旧卡车。我们当时买的时候，这牌子还叫达特桑，不叫日产。开车的是大卫·奥尔特加。我开着马自达 626，他没有认出我来，我也没有按喇叭。他现在很胖。我当初雇他的时候，他刚从职业技术学校毕业，人很瘦，去哪儿都是用跑的。他对电满腔热情，他跑到卡车那里拿工具，跑去商店买设备，下班以后跑着离开办公室。我不知道他怎么会变得这么胖。他脖子上的肉堆在衣领边缘，肚子八成要顶到方向盘底部。他额头上挂着几滴汗珠。
>
> 他开过去了，我从后视镜中看着弯了的橙色后挡板渐行渐远。后挡板是吉姆弄弯的，有一次他将一块八英尺长的轨枕掉到了上面。卡车的后斗上堆着蛇窝似的电线、镀锌的出线盒、红色的美沃奇牌工具箱、一个老旧的木制三脚梯，更多电线——6 号、8 号、14 号罗密克缆线，年久失修、松松垮垮的荧光灯灯箱，以及更多电线。备用轮胎躺在这一堆乱糟糟的东西上面，感觉车只要稍微颠簸一下就会被弹出车外。这辆橙色卡车丢过两个备用轮胎，都是这么丢的。
>
> 吉姆应该把所有卡车弄整洁一点，我心想。这是一个象征，你的卡车就这么不修边幅地在镇上到处跑，给人感觉你的生意也是懒懒散散的，难有起色。整洁的店面意味着清醒的头脑。然后

> 我想起来，这辆橙色的旧达特桑一直以来都是这副样子，即便是我当家的时候。吉姆是我徒弟，他做什么都跟我以前一样。橙色卡车左拐上了赛勒路，从我的视线里消失了。

他读完以后，房间那头有人问道："你是把那辆卡车当成家了吗？"

这问题在我看来很奇怪。艾迪说："也不是，但是听到琼说'家'，我脑海里就闪现出了这个画面。"

我这才意识到，这房间里的大部分人都是初学者。他们需要放松一下。他们的大脑还很僵硬。我理解新生会更注重字面，但这里友情提醒一下，可以不必那么合乎逻辑。家不等于杜邦街 912 号，食物不等于土豆泥和肉卷，交通工具也不等于卡车、奥兹莫比尔[①]或者马自达。我们需要打开自我。怎么做呢？最好的办法就是进行写作练习。但如果在一起写的都是初学者，你可能写一百页，还是停留在逻辑轨道上。最好旁边能有一个不拘一格的老师，一脚把你从悬崖边上踹下去："好，现在写写家，但不许写你住过的任何一栋房子或公寓，也不能写任何街道、小镇或城市。另外找一个家。写吧！"若不如此，据我过去的经验，学生们只会越来越擅长描写卧室，而从未走出家门。走出你的房子，走出你的思想。

把家看作家，同时也要明白，这里不会永远是你的家，即使你一辈子生活在这栋房子里。人会死，事物会变。带着这一认知去写家。

---

① 美国通用汽车旗下品牌。

25 惠特曼之乡

我和凯特飞到纽约，去长岛探访我儿时的家。我在心里一再感谢她，她愿意和我一同前去，太够意思了。说到底，我们将要看到的，不过是亨普斯特德路边一个复式楼盘中一幢绿色的复式小楼。

我们在拉瓜迪亚机场碰头，开着租来的蓝色轿车上了长岛高速公路。路上，凯特转过头对我说："嘿，纳特，我们到那儿以后，去沃尔特·惠特曼（Walt Whitman）[①] 故居看看吧。他不是在这里长大的吗？"

"哦，凯特，"我摆了摆手，"我不知道他家在哪儿，很可能远着呢。"我一口否决了。

往前开了一会儿，她又问："你小时候都做些什么啊？"

"购物。"我说。

"购物？"她重复道。

"是的，没错。我妈不管有什么不愉快都靠购物来化解。"我解释道，"每当我喊一声'妈，我好无聊'，我妈就会说：'别着急，亲爱的，我们去商场。'我讨厌那个商场，实在讨厌得不行，后来我就带本书，我妈在一排排货架前挑衣服的时候，我就在更衣室里看书。"

凯特打断了我："什么嘛，你太夸张了。除了购物，肯定还做过别的事情吧。"

"真没有，我发誓。就只有购物。我妈想不到别的了。"我打开了车里的收音机。

我们到法明代尔居住区的时候，时间已经很晚了。我在城边 110 大道旁一家新开的酒店预订了房间。我们错过了第一个拐向酒店的路口。到了下一个路口，我打开汽车转向信号灯。向左拐的时候，车头灯照亮了一个路牌。

---

① 生于纽约长岛，美国著名诗人、人文主义者，代表作有《草叶集》。

“嘿，凯特，说出来你都不会信！刚才的路牌上写着：老沃尔特·惠特曼路。”

凯特头一偏：“怎么，纳特，惠特曼商场肯定就在附近吧。”

她在开玩笑，但我不是。“凯特，那个商场确实叫这个名字。我几乎可以肯定。”

我们问了酒店前台：“这附近有惠特曼商场吗？沃尔特·惠特曼的故居在哪里？”

前台服务员对沃尔特·惠特曼商场了如指掌，却从来没听说过沃尔特·惠特曼。我们在电话簿上查到了那座房子，离我们一英里。

那天晚上躺在床上，我对凯特说：“你知道吗？我记得那个商场对面有栋旧房子。我们开车经过的时候，我有时候会问：‘妈，那是什么？’”

“我妈坐在驾驶座上冲我喊：‘求求你了，纳特莉①，别惹我。我开车时没办法东张西望。’很可能就是那栋房子。”

第二天我们去参观了。我们得知，惠特曼成年以后经常回这一片探访，但从未再次踏进那栋房子。商场那块地原先就是惠特曼家的农田。

凯特说：“看吧，纳特，你妈确实知道怎么培养一个年轻诗人。她是通过潜移默化的方式。你们是在沃尔特家的土地上购物。”

我们爬上了简山，惠特曼最喜欢的一个地方，据称是长岛的最高点。山顶上有块大圆石。凯特跳上了圆石，我也跟着跳了上去。我们可以看到远处的树木和树木前方的大西洋。

就在我妈带我去购物的商场对面，诞生过一位伟大的诗人，他在《草叶集》的前言里这样写道：“热爱地球、太阳和动物/轻视财富，

---

① 即纳塔莉，作者母亲对她的特殊称呼。

对每个乞求者施以援助/捍卫傻瓜和疯子/将所得与劳力奉献给他人……”他告诉我们要自由，要狂野，要有尊严，要独立，“你的肉体将会成为一首伟大的诗”。

我和凯特都买了印着他的诗作的海报回家。然后我站在沃尔特·惠特曼商场的路牌旁，凯特给我照了张相。

那晚我们去了空中酒吧，我爸在那里当了30年的老板，直到退休搬去了佛罗里达。我小时候基本进不去。“这不是年轻女孩该来的地方。”我们坐在一个小隔间里，点了两杯啤酒。我跟酒保说起我父亲，他还能记得。

空中酒吧的窗玻璃很厚，玻璃上有波纹。这是一座砖房，自动点唱机播放着一首首经典老歌，仿佛一切还是1962年的样子，什么都不曾发生。货架上有威士薯片，吧台后方有一面镜子，沿着镜子放着啤酒杯。打台球的时候，俯身于绿色毛毡的桌面上，我突然意识到我一生都在寻找这间酒吧。在每一个我开车经过的小镇，我都想找到它。我听见主街上传来火车的低吟。法明代尔甚至还有个火车站。

我们在那儿遇见了我高中时的一个老朋友。她告诉我们，她的前夫成了流浪汉。离婚后过了很久，有一次她看见他在高速路上搭便车。

一个男人走过来，对我说：“路易跟我说，你是本的女儿。他就像一辆旧雪佛兰。现在已经没人生产他这一款了。我听说你写书？我刚买了辆哈雷摩托车，我打算骑着它游遍美国，自己写一本书。”

那晚我们走的时候，我看见他的哈雷停在门口。凯特又给我照了张相。这次我靠在酒吧门口的青砖墙上。照相机闪光灯亮起的瞬间，银色的停车计时器隐约闪了一下。

第二天早晨，我们敲响了我家老房子的门。35年前我们种的树高大了许多，我伸出手臂去抱树干，几乎抱不过来。

一个大块头的女人穿着家居服打开了门。我说："嗨，你好。我是个作家。我以前住在这个房子里。我是从新墨西哥过来的。我想看看这个房子。可以让我和我的朋友进去看一看吗？"

"不行。"她砰的一声关上了门。

我和凯特面面相觑。凯特说："你和沃尔特·惠特曼，你们离开后都不曾再次踏进你们的家。"

试一试

考虑一下家这个主题。可以亲自回去看看或者在心里想想，然后描述一番。如果可以亲自回去探访，不妨带上一个可以给你提供不同视角的朋友。举个例子，如果我是独自回去的，我不一定会把沃尔特·惠特曼商场和沃尔特·惠特曼联系到一起。"沃尔特·惠特曼商场"我听过太多遍，已经麻木了。

时隔多年回到家乡，家乡看起来与以前大不相同了：变小了，不再那么强大了。同时，我可以从更宏观的视角去看，把它看成惠特曼之乡，看成我多年以来遍寻中西部而不得的小镇。

如果你从未离开过家乡，就比较难办。不曾离开，如何回去以全新的眼光看？

对于作家来说，这些很重要。写一写你从小长大的地方。注意不要感情用事。尽量忠实。对什么忠实？对原始细节忠实。采用一个新视角，尝试从一个不一样的角度去写：狗狗的角度、你母亲的角度、来串门的阿姨的角度。

26 跑步与写作

某个周二，我和我的跑步教练特里约在圣菲的午间哨声餐厅一起吃午饭。他想成为一名作家，而我想成为一名跑步者。

我跟他说："特里，你了解跑步，也就了解关于写作的一切。你对一件事了解得够深入，其他所有事也就都不在话下。把你对跑步的了解应用到写作上即可。"

他当然不相信我说的。他对写作感到很紧张。"是哦，我敢说成千上万的人跟你说想当作家，但真正当成的寥寥无几吧?"他双手绞在一起，问道。

我笑了。这是我的跑步教练。我觉得他非常棒，但他也遇到了同样的问题。谜一样的写作又挫败了一个灵魂。"呐，特里，听着。这个问题你用跑步知识就能回答。我们调换一下身份。我来找你说：'特里，我特别想成为一名跑步者，但我知道只有少数人能做到。我不是这块料，是不是?'你会说什么?"他笑了。"你会说：'你有两条腿，不是吗?'"

他点了点头，"我会说：'去，爬上那座山。'"

"好，回答你的问题，我会说：'你有手，不是吗？在纸上动动笔就好。'"我告诉他。

"哦，天啊，"特里愉快地喊了出来，"我以前怎么从来没这么想过？没错，言之有理。我觉得自己真蠢。关于写作我有一百个问题，但一想到跑步，我就有了答案。"

"是的。"我点头。

接下来，气氛变了，我们就是两个同龄人，坐在一起吃午餐。

"那我再问你一个问题。"特里靠了过来，问道："我看别人跑步的时候，什么都知道，但当他们想坐下来聊的时候，我却几乎什么也说不出来。你也会这样吗?"

我点点头，"是的，一篇十分钟的限时作文，就能让我对一个人有诸多了解。这种了解并不是来自我的逻辑思维和批判性思维，我也说不出什么来。这就像我的身体知道这个人是什么水平，还需要些什么，但又不止于此。我还能感受到这个人身上无限的可能性。”

特里看问题的方式和我一样。我们都是梦想家。我们用整个身体做梦，把梦想化为知识。

“你说我跑得像只野兽那次，我写了点感想，读给你听吧。”我打开笔记本，读给他听。

听我读完，他说：“是的，你没来由地在跑步上有了突破。这突破来得太早了，之前也没有预兆。”

“是因为我的心灵。整整一周的写作让我打开了自我。我的心灵变得开阔。那天我忘了自己不能跑这件事。”

“嘿，你读的东西能直接进入我心里。一般人家给我读什么，我需要在脑子里过滤一遍，想明白那些话是什么意思。但你写的东西能够直抵我的心。”

我点了点头，“嗯，那是因为我在用身体写，所以自然能够传递到你的心里。”

“你知道，有的人来跑几次，然后就放弃了，我会感到内疚，觉得是我没能让他们理解跑步的意义。告诉我，你也会这样觉得吗？”他问。

“以前会。人生很广阔。几年后他们也许会回心转意。有人离开禅修中心的时候，我的禅宗老师说：‘我留不住他们。大门永远敞开，我为他们祈祷。’”

写作的人也是，来了又去。我能理解。写作很难，但如果你是认真的，你就必须踏踏实实定下来，即使你对写作的个人情感每天都在变。

有了写作练习的经验，加入跑步俱乐部的时候，我就知道我只需要闭上嘴跑就行了，哪怕我自己觉得我根本跑不了。我必须去跑，而不是缠着特里讨要鼓励或批评。

“特里，你需要参加一个写作小组，见见作家们，跟他们一起写。你知道的，我们有个俱乐部，就像跑步，我工作日早上和索尼娅、玛丽、爱丽丝见面，一起跑。大家相互支持，这是很有帮助的。”

他笑了，“可不是嘛，我怎么就没想到？”

写作不是一个谜。写作是一项运动。把你所有的网球、足球、游泳知识运用到写作中去。我认为人之所以畏惧写作，是因为写作会导致心灵失控，而我们害怕这种失控。我们害怕未知，害怕我们自己内心的黑暗。其实没有必要害怕。

特里吃午饭时跟我说：“我一直想写作。读了你的书，我知道有一天我会去写。”

我点点头， “上周跑完步后，那种狂野我以前只在写作中感受过。”

经历了好几周的情绪低谷，昨天我去见心理医生，向她细数了我觉得应该感恩的事。时值陶斯的5月，天气很好，太阳仿佛从岩石中迸发出来。往心理医生办公室的窗外望去，可以看见一株高大的黄柳树。我告诉她，我对此感恩。然后我顿了顿，又说：“我也感恩我的双腿。”

她头歪向一边，不解地问：“你的双腿？”

“让我能够跑步！”我说。

试一试

学一门你熟悉的课，比如跑步、茶道、烘焙或者画画。先试一试，然后开始限时写作。这项技能也许能够为你的写作热身，只要它能让你做到专注。专注不是要绷紧大脑，而是要让大脑放松，避开大脑里的编辑。你专心致志于手头上的事情，让内心的审查者根本插不上话。

你也可以先尝试写作，然后投入跑步或者另一门课。写作自然无法帮你做腿部肌肉的热身，或者调整你的肺部呼吸，但凭借对身体能力的限制，它可以让你摆脱心猿。

跑步者，先跑，再写。

写作者，先写，再跑。

然后反过来试试。大胆实验。你不会有什么损失。

27 开悟

上周周末天气很好。我想写作，但又想出去。我折中了一下，去了特苏基乡间小市餐馆写作，这家餐馆沿着乡间公路摆了一些露天座位。我点了杯白葡萄酒，奋笔疾书，写了至少有十页，头都没抬一下。然后，我停下来抿了一口酒。我抬起头，看见四个摩托车手坐在我对面。他们当中有两个穿着黑色皮背心，里面没穿衬衫。其中一个胸毛很重，身材很胖。另一个左二头肌上文着一个锚，还有一个吸着雪茄，头发很长，很油腻。四个人都一动不动地坐在那里盯着我。我点头示意，冲着他们微微笑了一下。看见四个摩托车手盯着你看，你会怎么做呢？我埋头继续写作，设法忽略他们。

“嘿，”留披肩发的那位大声喊道，“你干什么呢？”

我抬头望着他：“我在写作。”

“学校作业吗？”有锚文身的那个人问道。

“不是。”我继续写。实际上，我开始享受他们的关注。我意识到他们是被我的专注和不停笔的能力吸引了。我感到自己获得了伟大运动员一般的盛名。毕竟我的敏捷和技巧让四个粗犷的摩托车手停在了半道上。

“等等，”胖的那个说，“你写的是什么内容呢？”

“写作与跑步。”我再次抬起头。这次我给了他们一个灿烂的笑容。我现在可是冠军了。

“骑马？[①]”其中一个穿着皮背心的问。

“不，写作。写——作。我现在正在做的这件事。”我举起笔在空中写了写，就跟这笔是田径场上的标枪似的。

“你跑步？”他又问。他对写作的部分不是很感兴趣。

“是啊，”我点点头，“我得继续写了。”我指了指纸页，再次开

① 在英文中，“骑马”（riding）和“写作”（writing）发音相似。

始写。

一个小时后，我抬起头，他们已经走了。

那晚我跟艾迪说了这件事。他让我冷静一点，别到处跟人说我跑步的事。

“很快他们会想和你一起跑的。”

我们笑了起来。“是啊，然后他们就会看到我跑得上气不接下气的样子，还会看见我跑得有多慢。”接着，我情绪起了变化。“我不明白。在我的脑海里，我跑得就像白色的闪电那么快。我是有史以来最伟大的跑步运动员。但当我真正跑的时候，我又是那么慢。为什么会有这么大的差距？”

“艾迪，”我停了一会儿，又说，“我想叫‘闪电戈德堡’，我觉得会有帮助。我越是相信一件事，这件事越有可能实现。你知道吗？我脑子里想象我跑步时，我的双腿还是 16 岁时那样矫健。”

大约 12 年前，我受了菩萨戒。我受戒之时，这一理念看上去很荒谬。世间有那么多有情众生，我怎么可能拯救全部？在明尼阿波利斯阿普敦区繁忙的十字路口过马路时，我连拯救自己都困难。但我还是受了戒，就像禅宗的其他方面一样，我想很久以后我会理解。现在我将它理解为一种宽厚的心理状态。

这跟我刚开始跑步时就说自己是跑步者，而实际上那一刻不过是个笨手笨脚的人没什么区别，跟你刚写了一段站不住脚的话，就说自己是作家，而实际上你根本不相信自己能继续写也没什么区别。

没关系，勇敢一点，尽管说：“我是一名作家。”时间久了，你头脑中的形象与现实就会融为一体，只要你肯坚持练习。一段时间之后，你甚至不再会注意到二者的差异，你全身心投入到第二段的创作中，已经不会注意到写没写。你将投身于这段长长的旅程。这才是重点。

试一试

每天早上睁开眼以及晚上临睡前，都跟自己简单、清楚地说：“我是一名作家。”不管你信不信，埋下这粒种子。我们以宏大而深不可测的方式在不同层面上运转。当我们提起沉重的笔在纸上真正开始写的时候，看得见、看不见的存在物都会来帮助我们。对自己说“我是一名作家”可以召唤看不见的存在物。很快，我们希望成为的样子和我们现实中的样子会相遇，会成为一体。

来吧，说：“我是一名作家。”别人问你职业的时候，学会说这句话。你也许会觉得自己像个彻头彻尾的傻子。没关系，尽管挺直腰杆说。

28 青少年奥运会

两周前，我坐飞机去图森观看西南地区的青少年奥运会。同行的还有我的朋友玛丽，以及艾迪八岁的儿子马特。马特坐在靠窗的座位，我坐在靠过道的座位，玛丽坐在中间。飞机在阿尔伯克基起飞的时候，突然发生一声巨响，我没在意，专注地读着加夫列尔·加西亚·马尔克斯（Gabriel Garcia Marquez）的《霍乱时期的爱情》（*Love in the Time of Cholera*）。

玛丽猛拉了一下我的衣袖，“刚刚是什么声音?”

“哦，没事。”我转向她，目光呆滞，还没从阅读中回过神来。

“没事？你没听到那声音有多响吗?”她紧张地说。

马特戴着耳机，在听传声头像乐队的歌，什么也没听见。

“别担心，真的，玛丽，我不会死于空难的，这我一直知道。”

在图森降落前，飞行员广播通知说飞机在阿尔伯克基起飞时爆了一个轮胎，飞机正在紧急降落。空姐向我们示范了正确的坐姿：头趴在膝盖上，手放到大腿下，并指导我们如何爬出紧急出口以及如何从机翼滑下去。

“开什么玩笑!”我心想，“怎么会是这种方式？在我人生的半道上，还有一本书没写完，竟然就要死了!”我记得当时我包里有两章刚写好的手稿，我想扯出来塞进裤子里，因为包是要弃掉的。

玛丽摘掉眼镜，紧握在手里。我轻声对她说：“把眼镜放下吧。别担心，我会领你出去。”

我开始集中注意力。可能这就是我的大限了。这可能是我生命的最后几分钟了。我的呼吸变得有力，弯下去的时候，我对肝、心、肺等身体器官产生了强烈的柔情，我对它们表示感谢。它们即将被撞碎。

飞机落在了跑道上。降落的声音震耳欲聋，久久不停，但我们安全降落了。我坐起身来。我们还活着。

艾迪来机场接我们，开着租来的白色林肯，车里铺着红色天鹅绒，开着空调，这是我唯一在乎的。图森气温 110 华氏度[①]。为了看孩子们在这种温度下跑步，我差点丢了性命。这简直可笑，因为这些孩子没有一个是我自己的。

第二天，我们坐在看台上，手里撑着遮阳伞。我听见玛丽跟所有人说我们九死一生的经历。过了一会儿，我转向她："你确定我们是在同一架飞机上吗？"对于死里逃生，她欣喜若狂，而我只是对我的器官感到更亲切了。

孩子们像闪电一般奔跑。他们都很棒，他们只受自己体内力量的驱使。后来我再在看台上或酒店游泳池旁看到这帮孩子走来走去时，看到的不过是一帮双腿细长的孩子，但在跑道上他们拥有全世界。他们属于地球。他们自成一族，我喜欢看他们所有人。我不在乎他们是哪个州哪个队的。

马特和大他两岁的男孩们一起跑接力赛，跑得异常快，赛后我问他："你跑步的时候，在想什么？"

他表情变得严肃，"你知道吗？我什么也没想，我眼里只有跑道。其他赛跑者消失了。在这场比赛中，一切都变成了红色。"

那晚天气凉爽，我坐在泳池边。周围有棕榈树，天上有星星。我坐在那里想：知道你属于地球是一件好事，知道你的身体属于你自己而不是别人是一件好事。

对于写作来说，是怎样的呢？我问自己。

我拥有自己的心灵，掌控自己的思想。我的嘴、我嘴里说出的话，都是我自己的，没有人可以拿走。我没法像陀思妥耶夫斯基（Dostoyevski）或者亨利·米勒（Henry Miller）那样，我就像我

---

① 约为 43 摄氏度。

自己。

然后，我想起上个月参加的一次闭关冥想。那次很多人都是第一次闭关，很多人都差不多是我这个年纪。而我静坐冥想已经有 15 个年头。静坐久了，我的腿和背也会疼，但有些东西是我知道而他们不知道的。我说不上来是什么，即使我说出来了，也起不到什么作用。我所知道的不是什么了不得的事，而是长久静坐赋予我的。他们必须自己去做。

我猜就是这个理。你必须去做。你得去跑步、写作或静坐。没有人可以替你做。而我正在写的这本书呢？我试图知无不言，希望对别人有所帮助，其实帮不了什么。我们必须去做。我们帮助自己，继而获得某种无法赠予他人的知识。这知识会与我们一起入土，跟随我们一起消失。

试一试

写十分钟。写一写如果你要死了，你会怀念什么。哪些事物是只有你知道、会随你入土的？具体一点。“我会怀念草叶上的露珠。”嘿，这个别人也知道！不，他们不知道。在写作的这一刻，你是唯一能感受那颗露珠的人。慢下来，去发现你平时不会注意的东西，然后意识到你走的那一天你会想念它。

以色列诗人耶胡达·阿米亥（Yehuda Amiehai）曾在一首诗中写过一个银行柜员，他过去常在银行见到这个柜员，后来这个柜员去了意大利读医学院。听到那首诗的时候，我心想：“要想写作，真的需要一点愚笨。连一个银行柜员你都得去注意、去关心。”那是首很美的诗。

愚笨一点。不要觉得什么都是理所当然的。两个月前我在写作班跟一些学生提起“愚笨”这个词的时候，他们都松了一口气。他们厌倦了时刻保持警醒和睿智。他们需要一些做梦的时间。

在你家附近默默地走上半个小时，然后写你看到的以及你会想念的。具体一点，专注细节。

试一试

写下关于死亡你所知道的一切。只管写。不要想："她这么说是什么意思?"只管埋头去写。死亡的方式千奇百怪。谁死了？什么时候死的？怎么死的？为什么会死？

29 鹭湖

两年前的夏天，8 月末，我跟我在陶斯的对象分手了。分手后的第二天早上，我决定一个人去鹭湖野营。我把行囊塞进车里，开着车离开了。野营场地很空。我到的时候已近傍晚，生了个火做了晚饭，在满天繁星下入睡。第二天早晨，我靠着一棵高大的西黄松，膝盖上放着笔记本，准备写一章《香蕉玫瑰》。这一章很难写，讲的是内尔去探望临终的祖母。我刚写两页就跳起身来，我感到无法承受，于是光着脚在松针上踱来踱去。

“我现在写不了这个。我不能在这儿写。我得找一家咖啡馆。”我对着空气大声说，“我知道了，我要到车里去，开车去圣菲。”

然后我停了下来。“纳特，让我歇会儿。坐下来，闭上嘴，硬着头皮把这章写下来。”

我重新坐了下来，继续写。我不知道我在那儿待了几个小时，当我抬起头时，背后那棵松树投下的长长的影子已经从我的右边移到了左边。我写完了整章，我的心在隐隐作痛。我和内尔融为了一体。我站起身，来到鹭湖旁，光着身子一头扎了进去。我计划游到湖对面。游到湖中央时，我说：“纳特，你疯了。你可能会淹死，周围一个人都没有。”

我踩了会儿水。“别担心。我不会死在水里的。我爸可是布鲁克林游泳冠军。”我咧开嘴笑着，继续向前游。游到湖对岸后，我从水里爬了出来。乌云，又大又美的乌云，从东边飘来，我听到远处传来雷鸣声。湖对岸非常远。我不记得之前是从哪里出发的。我看到对岸有个小白点，祈祷那是我的毛巾。我跳下水，朝着白点游去。

游到湖中央，我再次停了下来。我的头就像一个橡皮球，在这片无垠的湖面上浮上浮下。水流开始变得湍急。我望了望天，左边是白色的积云，高高地挂在钢青色的新墨西哥的天空，右边是带着雨水快速飘过来的乌云。天那么大。我并不害怕。

次日晚上，我在加里斯特奥报刊店做了一次朗读。我起身站在观众面前，没有读我原先计划读的内容，而是打开笔记本，读了前一天在鹭湖旁刚刚写好、还未编辑的那一章。“朗读需要有一种危险的感觉，”我亲爱的诗人朋友吉姆·怀特曾经对我说。我翻着笔记本一页一页读的时候，感觉到了危险。

试一试

带着计划坐下来，写一点你一直以来想写，但从来没能着手写的内容。这一次不计时。坐下来，下定决心写完它，哪怕花整个下午或者通宵。放轻松，慢慢进入状态。向自己保证，你会竭尽所能写一些真实的干货，不要挡自己的道。你可能会写几段虚构的、紧张的开头。“‘我想说一说那次薄饼在糖浆里放坏的事……’不行，不好。‘我和胡安坐在早餐桌旁……’哎呀，不对。”好，现在，只管写。别管开头，继续往下写。开头可以迟一点再修改，或者再写两页，你就能想到真正的开头。只管坐着不动，不管写多久，直到写完。

30 貂

我坐在餐桌旁，绞尽脑汁，想挤出只言片语，继续写我打算 6 月份完稿的小说。然而我什么也写不出来，就像打开了一根血管，跑出来的却是干玉米片。

时值 10 月末，新墨西哥还很暖和。我穿着一件棕色毛衣，写的是主人公和她最好的朋友吵架。老天，写得太糟糕了。怎么会有人想起来写小说?

我从笔记本上抬起头来，转向右边。房间那头，靠近壁炉的地方，有一张老旧的圆形藤椅。这次眼神扫过藤椅之时，我看到上面坐着一只黑色的貂。它在舔自己的爪子，无视我的存在。它脖子上戴着一串考究的珍珠项链。

我瞬间明白了，所有珍宝都属于它。这本小说要想成功得靠它，但它坐在房间的另一头，对我毫不在意。它又舔了舔另一只爪子。我坐在桌旁，心里明白，没了它我什么也不是，然而它离开了我。我不知道如何引起它的注意，不知道如何让它重新回到我身体里。

那晚，我坐在朋友家的地板上。朋友给我做了顿美味的晚餐，姜味虾和米饭。朋友起身去添开水泡茶之际，貂又出现了，就在我左肩前方的窗台上，冷漠得像是变了味的英式玛芬。

我开车回家，它又在挡风玻璃上待了会儿。第二天早上，我扔下笔，感到一阵厌烦。没有这只貂，我没法写作。它拥有一切，却不会给我。我甚至没有试着同它攀谈。我知道：它不喜欢我。

我打电话给圣菲的心理医生，问有没有可能见次面。“好的，我很乐意从陶斯开一半个小时车过去。周五下午? 2 点。到时见。”

才周三，我就满心期盼周五了。那天我没写作，而是开车沿着满是车辙印的土路进了城。我停在希德食品市场，买了 12 罐金枪鱼，没有折扣。我买是因为我需要做点什么，而希德市场收我的支票。我大口嚼着一种保健类的花生酱巧克力饼干。我在奶酪和牛奶盒上方又看见了那只貂，它正蹲在冰箱冰冷的白色瓷制外壳上精心地打扮着自己。我现在随时都能召唤出它。这不重要。它什么都不会给我。我在这边，它在那边。

下午5点，我去购物广场的奥杰维餐厅点了个汉堡包，只是为了让自己开心，让自己感到狂野，因为我平常不吃这些。但我身体里没有一点狂野因子。所有的狂野因子都在一个地方——在那个黑貂身上。我在这边吃着炸薯条，而它在房间另一头，待在一根光滑的胶木棒上，旁边有不少柠檬片，还有一杯黑樱桃酒，它对我毫不在意。

周五下大雨，峡谷的双行道很滑。我穿着橡胶靴，在心理医生办公室门口脱了下来，因为她的办公室里铺着白色地毯。我坐在她白色的长沙发上，跟她说那只貂的事。她打断了我，拉过一张木椅，在上面放了个白色垫子，说道："来，把貂放到这上面，跟它说话。"

"求求你，"我说，貂很快就出现了，"我需要你。回来我这里。你拥有一切，一切珍宝。"我把这段时间里一直在说的所有话一股脑地说了出来，唯一不同的是，这次有个心理医生在收费旁观，旁观费50美元。依旧是徒劳。貂根本没把心理治疗当回事。我哭了。它不愿开口。它在那边，而我在这边。

心理医生告诉我，时间到了。"你不妨就这么跟它相安无事地待着，直到我们下次见面。试着跟它说说话。看看它是谁。"

我弯腰填支票。在感官的边缘，我听到一个声音："辞掉你的工作。"我不确定是不是那只貂说的，但至少有这么句话。我开车回家，心想："我不能辞职。这工作一周只上一天班，在一所非传统学校教写作。"这是我唯一固定的安排，没有了它，我所有的时间都得面对手边的小说。我无法忍受。

我开车驶离铺好的路，又上了土路。我一路开，路过一群灰色的羊，它们的颜色几乎与土地一样。那时我已经知道了，是那只貂让我辞掉工作。那份工作是在每周三，阻碍了我往深处走进写作的山谷。但我不想辞职。最主要的原因是，担心主任和学校其他老师会对我有看法。

我把车停在家门口，步行去了四百米外的朋友家。太阳开始落山了。迈克尔和金妮是我把房子建在这里的原因之一。他们身上都有着相当程度的野性以及疯狂。迈克尔利用回收材料（主要是啤酒罐）建造太阳房。那时他在建一个由四百个轮胎和15万个罐子组成的城堡。离老远就能看到罐子在太阳下发光。

他们坐在餐桌旁，刚吃完一盘甜菜沙拉，甜菜是从客厅花槽里新割的。迈克尔起身打开小冰箱，拿出一瓶科罗娜啤酒："来一瓶吗?"

"我喝一点你的就好。"我说。他倒了一杯递给我。

"怎么了?"金妮问。

我给他们讲了貂的事。我对他们说，也许我应该对小说情节做一些改动。我很害怕。

迈克尔坐在我对面，他说："这儿有两杯威士忌。"他在我面前摆了两个空杯子。"这杯是纯威士忌，加了一卷柠檬片。"他手里拿着一卷柠檬片示范给我看。"那是你的风格。还有一杯兑了水的威士忌。你想写的是哪种小说？是这个。"他指了指第一杯，"你必须写成纯威士忌风格的，别无他法。"

金妮原是得克萨斯人，刚刚踏入另一种生活。她说："我老家的人如果听到这只貂的故事，肯定会说你疯了。我却觉得，这只貂听上去就像你——又有钱又黑暗。"说着，她揉了揉我的头发。

12月初的时候，我已经辞掉了工作，只剩下貂与我相处。我每天都在写小说，再也不受教学干扰。我不知道写得好不好。我深深地投入其中，写作时仿佛日行千里。我让小说随心所欲地展开。我意识到我无法控制它。小说中没有一个人物的行为是受我控制的。我退后一步，让写作自行展开。

转眼到了圣诞前夕。我和一个朋友去了普韦布洛。冷冷的夜里，一簇簇香柏篝火给我们带来了温暖。印第安人裸露着胸膛，将处女新娘圣母玛利亚抬进教堂。神圣的陶斯山在我们身后。天上繁星点点。

我伸出双手，靠近一团篝火取暖。我感到那只貂融入了我的身体。我抬头望着灿烂的夜空，抚摸着肚子：“你是最重要的。以后你带我去哪儿，我就去哪儿，不管要用多久。我是你的。欢迎回来。”

31 融合

2月的一个下午，我和索蕾尔去河谷散步。我们争执了起来，具体争执什么我不记得了。我们沉默了一会儿。我突然哭了起来。索蕾尔不说话，默默地走着。我一路上都在哭，路过山杨林的时候在哭，穿过沙堤的时候还在哭。

最后，索蕾尔开口说道："好了，想聊一聊吗？"我敢肯定，她以为我哭是因为之前的争吵。

我对她说："我不好意思告诉你我是为什么哭。"

"放心说吧。"她说。

"我哭是因为内尔刚刚离婚了。"我脱口而出，然后我又开始哭。

在河谷哭的时候，我就是我小说中的主人公内尔，她刚刚离婚，内心充满婚姻走到尽头时的那种绝望和空虚。内尔不知道下一步要怎么做，但作为小说作者，我的工作就是继续写下面的章节。我不应该和内尔一起迷失。我要做的是帮助内尔，领着她走向自己的命运。倘若我与她融为一体，小说就完结了，以我们俩都黯然离婚收场，无果而终。

能与我们的人物心灵相通、亲近友好是好事，但保持适当的距离也很重要。只有这样，我们才能往前走，进入下一章。

那次河谷散步之后，为了把思绪从作品上移开，我想出了好几招。一天的写作完成后，我会沿着圣菲的街道来回走，看看商店的橱窗，或者好好泡一个热水澡，又或者喝上一大杯水，希望把作品从我体内冲走。写作后立即进行体育锻炼也是一个特别好的办法：使劲跑、骑车、游泳。这能让我回神，让灵魂重新回到肉体。与思想不同，我们的身体一直处于当下，处于此时此刻。此时此刻，我不是内尔，我没有打算离婚。

但记住，来回切换是有难度的。你沉浸在写作中，沉浸在另一个世界里，突然到点了，你得去日间托儿所接孩子。我们需要对自己抱有一点怜悯，训练出规律，让自己愿意去切换。不要因为孩子占用了你写小说的时间，就对孩子发火。孩子实际上是你的朋友。他们帮助你暂时放下小说，休息一天。这是一种时间的穿越，越过一个现实，渗入另一个现实。要想做到娴熟，需要耐心，但必须去做。我们的人生不是写作。写作只是一个瞬间，从我们的生命中流过。

32 谁许你入行

我刚搬到明尼阿波利斯就遇到了吉姆·怀特，《盐的狂欢》（*The Salt Ecstasies*，灰狼出版社，1982）的作者。我们会在斯奈德药店吃早饭，然后一整天都待在一起，在这个城市的湖边漫步。我们经常坐在长凳上看鸭子。我们做得最多的是谈论诗歌。我终于遇到一个跟我一样爱谈诗的人。

有时我们会给对方朗诵自己的诗。我还记得第一次朗诵诗的情形。我开车送吉姆回家，他说："哎呀，我来朗诵一首我的诗吧。"于是就朗诵了一首。它是一首很美的诗，写的是一个耳聋的小男孩接飞盘。接着，我也朗诵了一首自己写的诗。我不记得是哪一首了。他说："嘿，好诗啊。"我们彼此都松了一口气。我们是否喜欢彼此其他的作品已经无所谓了，第一首诗才是最重要的。这样我们的关系就可以延续。

吉姆大我十岁，是个资深诗人。认识了一段时间后，有一天他转头问我："谁许可你入行成为诗人的？是艾伦·金斯伯格吗？"前一年夏天，我跟金斯伯格学习过一段时间。"一路走来，总要有人给你许可的。"

"不是。"我摇了摇头。我没好意思接着说："不，吉姆，是你。"

我有一个朋友出过不少书，目前正在写第三本非虚构类作品。上周她给我读了两章。我歪着头听她读。很美的两章。"嘿，你是在写小说啊。"她微微笑了，非常高兴。她再也无法克制自己了。她想当小说家，但在这个领域对自己不是那么有信心。我是她唯一认识的作家，每次我们聚在一起，她都会说："我们谈谈写作吧。"我当然喜欢谈论写作并乐在其中，尽管我们的友谊不止于此，我们有很多共同爱好。我下意识地感觉到她是在征求我的许可，许可她成为一名作家。诚然，每个人都可以选择当作家。"这是一个自由的国度"，我小时候跟别的孩子吵架时常常喊出这句话。但在前进的路上，总会有那么一个人，点头认可你，赞同你，这个人跟你一样热爱文学，因此许可你热爱这件古怪的事物，并且一直热爱下去，无论面对什么都要坚持不放弃。

我所说的“征求许可”，不是说你要去找一个级别比你高的人问“我可不可以写作”。问别人之前先写。实际上，别问任何人，一直写，所谓“许可”说的其实是人际关系。你认识一位作家，这会强化你自己的爱和担当。这不关乎谁同意或反对，而是关乎一种鼓励、一种友谊，关乎一种深层次的、未言明之物。我和吉姆一起的时候，我暗暗发誓要继续，将这件我们都热爱的事坚持下去。我并没有站在那里一脸颓废地说：“天啊，吉姆，哎呀，神啊，你觉得愚蠢如我也可以写作吗?”而更像两个人肩并肩站着，眺望远景，年长一点的画家指着这片景色说：“看到了吧。”你点点头，笑了起来，你知道这景色很美，你一直希望它出现在你眼前。

上周二，塞西尔·道金斯来我家吃午饭。我们同一周写完各自的小说。她的小说写了八年。三年前，我开始写的时候，拿了几章给她看，请她提建议。

我说：“你知道，我来找你，因为我不知道我在做什么。”

她点点头：“是的，我知道，但我觉得你迟早会想明白的。”

上周我们坐在一起，给彼此读手稿。待我读完后记，她说：“嗯，我觉得有了这本书，你就是一个作家了。”

我欣喜若狂。一位资深小说家认可了我。她走后，我坐在床上，心想：“我想当作家的意愿比什么都强烈。这是我想留给后世的。如果我能坚持走这条路，那么大限来临那天，我也不会惧怕死亡。”我感到有一根无形的线在牵引着我度过人生。我不会那么惧怕死亡，因为在我写的每一本书里，我都在不停地死亡，都在学着让路，让人物去过他们自己的人生。

然而一个念头突然冒了出来："那么，我什么时候才能过我的人生?"

我得到的答案是："不要以思想狭隘的传统方式过一生。你会迎来更宏大的人生。你将自己延伸到过去和将来。当你对宏大的人生感到厌倦时，休息一下。去喝杯茶，甚至吃一块巧克力曲奇。"

试一试

联系一位你了解的作家。如果他和你同城，你也许可以打个电话给他，告诉他你想请他吃午饭。这一举动在小城镇里可能会成功。在大城市，他大概会觉得你疯了。好吧。去这个作家的写作班，在他的"地盘"上见他，但不要试图让他对你刮目相看，尽量去支持他。经常有人跟我说，《再活一次》极大地改变了他们的生活，但他们不满足于此。他们紧接着就会指望我认可他们，这让我苦不堪言。

你甚至不需要找出过书的作者。接触其他作者就好。去写作班，多认识些人。不要总是处于孤立状态。下点工夫找一些热爱写作的人，跟他们交朋友。这会让你更加确信写作人生。

33 时间

有很长一段时间，我都在疑惑禅宗的时间概念是什么。我有一次甚至听片桐禅师在课堂上解释过，但还是领悟不了。我记得当时心里在想：“啊，真深奥。”

经常有人问我，我的小说是不是自传性质的。我不知道怎么回答，因为思考得越深入，我就越体会到我的过去不存在，过去已经结束，而我现在写的过去是一个全新的、当前的时刻。似乎我写得越多，过去被蚕食得就越多，消失得也就越多。就像你试图通过快速转脑袋来看到自己的脸，你永远也看不到，因为脸就在脸上，与你这个人是分不开的。我们的过去就在此时此地，并不在任何其他时刻。

有一句禅语叫：“归于本真。”过去归于现在，也只真正存在于现在。我们只活在此时此地。我走进一间屋子，坐下来。接着你走进这间屋子，坐在我对面。我告诉你我走进了这间屋子。我走进屋子这件事只存在于我的表述中。是我让这件事活到了现在。你回过头去看时，我走进房间这个行为已经不见了，你看不见它。

所以我的小说是自传性质的吗？我必须回答不是。

如果我只写短篇小说，我可能永远也不会对时间有这种认识。花三年半的时间写长篇小说才让我有了这种认识。即便如此，也只有我孤独的意识才对时间有这样的认识。我眼睛看到的并非全都有理可循。说到底，我的过去究竟是什么呢？我读约瑟夫·戈德斯坦（Joseph Goldstein）的《内观体验》（*The Experience of Insight*，香巴拉出版社，1987），与某一段里的另一颗心灵产生了共鸣，这时我理解了。戈德斯坦说过，唯一的时刻是现在，我们有过去和将来的概念，但它们仅仅是头脑中的概念。这大概就是禅师当时所讲的，只不过道理太简单，我反而没有领悟到。这道理太明显，明显到我不敢去想。只有写长篇小说时的一遍遍体验才让我得以体验到真相。轰！读完戈德斯坦的那一段，我对着卧室的白色墙壁坐了足足半个小时，脑中一片空白。除了当下，我的心灵无处可去。当下，我的脑海中别无他物。

格蕾斯·佩利（Grace Paley）[1] 说："任何故事说两次就成了虚构。"这是对时间这个终极问题的另一种表述。就是这么简单。有时候我们没必要深究时空领域。我们可以闭上嘴，只管写。

① 美国短篇小说家、诗人。

34 孤独

我伟大的导师片桐禅师病了，我很伤心。我想到在明尼苏达与他一起度过的六年时光。我希望他能好起来，为他自己。我意识到，他已经把一切都教给了我。我不需要再贪婪地想从他那里得到更多。我要做的是，吃透我所知道的，并践行到每天的生活中去，不致与之分离。

1984年在圣菲写完《再活一次》后，我去明尼阿波利斯拜访禅师。我给他看了我的书。我说："禅师，我又需要老师了。圣菲的人都疯了。他们从一件事跳到另一件事，飘忽不定。"

他摇了摇头："不要那么贪婪。写作正将你带入一个深刻的境界。继续写作。"

"但是，禅师，"我跟他说，"太孤独了。"

他扬了扬眉毛。"孤独有什么问题吗？"他问。

"没问题吧，大概。"我说。

接着我们聊到了别的事情。突然，我打断了他，"但是，禅师，你给我判了刑，判给我那样的孤独。写作真的非常孤独。"我又再次强调。

"任何深刻的事情都是非常孤独的。这儿有很多禅宗学徒，但真正学到深处的都是很孤独的。"

"你孤独吗？"我问他。

"当然，"他回答，"但我不会受这孤独摆布。孤独就只是孤独而已。"

就是这样，现在你知道了。有时候我会想，我是怎么想起来要写这本书的？但你看，我已经写到了这儿。事实就是，我想写。

35 梦

今天早晨，我做了一个梦。我走在明尼阿波利斯禅修中心昏暗的路上。梦里，片桐禅师病了，我很伤心。我愿意舍弃一切，只为再次和他坐在一起。

这时，电话响了，吵醒了我。是艾迪打来的。他要去夏威夷了，打电话来道别。接完电话，我迫切想要回到梦里，回到那昏暗的道路，绕着禅修中心转圈。我想做完这个梦。我是醒着的，但我的思想回到了那个梦境。我走进沉思室，对着佛像拜了拜。片桐禅师在我的右手边，穿着黑袍。我在一扇窗户前坐了下来，感到心满意足。

关注梦境很有益处。每天早上把梦记下来，坚持几周。不需要做别的，只要写下来就行。梦有自己的魔力，会渗入你醒时的生活。4月，你在花园里锄地，忽然想起三周前你做的那个在喜马拉雅山散步的梦，于是你的动作停了下来。梦是现实的另一个侧面，与我们所处的现实没什么不同，只是用另外一种方式表述而已。梦也可以打开你的现实。梦是不受自觉逻辑控制的。我记得，很多年前有个朋友在冰箱上用胶带贴了一句标语："有一个梦着我们的梦。"思考这句话是什么意思，会让你的思维变得愚钝，但这愚钝是好事。创巴仁波切曾经说过："大脑变得混沌时你是知道的。那感觉就像是下雪。这不是坏事。这是你达到无我境界的唯一机会。"因此现在当我觉得自己像个傻瓜、无法正常思考时，我不会苛责自己。我努力记住，我是在一种无我的状态之中。有一个梦着我们的梦。

我和凯特开了一个大型写作会，会议圆满结束后，我感到很不开心。我不能理解。我爱凯特，我们可以一起教课，一起谈论我们心爱的写作。每个人似乎都很满意。我不知道我为什么那么不开心。然后，我想起会议期间某天晚上我做的一个梦：我刚刚从寺庙里出来，蹬着脚踏车去城里。我要骑到大学校园去，远远望去，可以看见大学校园那一片绚丽光芒。我迷路了，向人问路。我没按那人指的路走，于是再次迷路了。这次我来到一个老兵医院，跟那个打理草坪的园丁待了会儿。天色渐晚，我不知道在谁家厨房的橱柜里睡着了。我终究没去成大学校园。

梦是对的。我宁可和一个整天挖土的园丁待在一起。我对凯特说："我们以后不要一起开学习班了。我们的住所相距很远。我很想你。有时间见面的话，只是待在一起就很好。我不想站在一群人面前讲话，我们明明可以一起散步。"

在小说里，我用梦来描绘故事的另一个层面，或者通过并置梦境与现实来强化情节，有时也用梦来精简情节。在某一章中，内尔独自在树林里野营。我想给树林这个场景增添一个维度，于是我让内尔梦见了她的祖母。

> 借着火光，我把油布系在矮一点的树枝上，在油布下摊开睡袋。吃完饭，我盯着火堆看了很久，之后钻进睡袋，任火苗自行熄灭。整夜刮着大风，油布被风吹得鼓起来，猛烈地撞击着绳子。我睡得断断续续，其间还梦到了我的祖母。她到树林里来看我，系着格子围裙，手上沾着面粉。她在做蛋糕。"来吧，小姑娘，别睡在林子里。这样不好。你应该到床上去睡。"
>
> 我说："不要，奶奶，我很好。"
>
> 她摇了摇头："犹太小孩从来都不会很好。"她转过身，在树皮上凿了一颗心，挖出来递给我。"我们人人都受苦。"她说完，点了点头。她的脸很慈祥，我知道她没有恶意。

写作班里经常有人说："但我不记得我的梦啊。"这方面你可以努力。每天早晨扫一遍你的大脑，找到残存的梦的记忆。哪怕只是一条伸出窗外的腿，也写下来。密切关注你的梦，梦就会开始跟你说话。

试一试

试着在醒着的时候做“白日梦”。以“我是”开头，用现在时写。什么也别想，任其自然地倾诉。“我在月亮上行走。我的身体半边是绿色的，半边是橙色的。橙色那边有故事要讲，但我听不见。绿色那边一直拉着我。我看见面前有城市的灯光。我来到一条河边，趟着水过河。我能感觉到鱼在轻咬我的膝盖。到了河对岸，一切都变得实实在在，我不想任何人看见我身上有两种颜色。”

问“你的绿色那半边代表什么？橙色那半边在说什么？”是心理医生的任务。作为作家，你的任务只是通过写作来体验。梦幻写作是练习失控的好办法。

现在试着写爱人、朋友、同学的梦。还是以“我是”开头，但这次的“我”是另一个人。你走进这个人的身体，做这个人的梦。这么做既有趣又吓人。在陶斯的写作班上，我试过一次。每个学生在班上选一个人，写这个人的梦。我们不告诉任何人自己选的是谁。然后，大声读出这些梦。我觉得自己似乎在别人的灵魂里走得过远了。

然而，这么做对你写长篇小说、戏剧或短篇故事是非常有益的。作为作家，你希望能深入人物的心灵，越远越好。你希望了解他们，了解得越多越好。我认识一个人，她在写小说之前，会先写书中人物的梦。这些梦之后不一定会用到，但这么做能让她代入到人物中去。

36 向前一步

我的一个朋友很想跟片桐禅师学禅，但禅师住在明尼阿波利斯，而她不想离开她建在伯克希尔丘陵并在那里住了三年的房子。最后，她想："这样吧，我问问禅师的意见，看他认为我应该怎么做。"她给禅师写了封长信，诉说了自己的困境。接下来的三周，她每天跑去检查信箱，等待他的回复。一个月过去了，她意识到他不会回复了。她必须自己做决定。她卖掉房子，搬到了明尼阿波利斯。搬过去的第二天，她就去拜访了禅师。

她说："看，我来了。"

他说："早上 5 点坐禅。"

就这样。没有褒奖：好姑娘，你来禅修中心了。没有指责：你不应该离开你那漂亮的房子。最终，你就是要往前走，迈出人生的那一步。

写作也是这样。看看你周围。没有人。没有人特别在意你是否写作。你只能自己去做。

很长一段时间我对此都深以为然，我以为我在写作上的成功最终会帮我赢得他人的爱。这心愿不是有意识的，却是很强烈的。我发现，在这个欲望之下，还藏着一个更纯粹、更有力的动机：我写作是因为我想写，因为我想往前走，想站出来说话。

你走上写作这条路，是因为你觉得写作能为你赢得爱，这没什么不可以。至少这个动机带你走上了这条路，但这是不能长久的。一段时间后，你会意识到没人特别在意这件事。你继而找到一个新的理由：钱。账单越积越多的时候，你可以做做这个美梦。然后，你会想："嗯，我是心思敏感的那种人。我需要表达自己。"我拜托你一件事，不要太敏感，要坚强。这样才能走得更远，在被拒稿时还能坚持。

最后，你做这件事，是因为你恰好喜欢。

去年我去找禅师，问他："很多年前，你为什么说我应该从事写作这一行？"我以为他会有什么艰深晦涩的理由。

他抬了抬眉毛。他觉得这是个奇怪的问题："因为你喜欢写作啊。这就是原因。"

"哦。"我点点头。哈，就这么简单。

如今，片桐禅师正遭受癌症折磨，在接受化疗。我非常希望能站在他跟前。过去两个月，我给他写了一封又一封的信，说："如果有什么我能做的，尽管给我打电话。"我一次次给他送礼物，一次次哭，手一次次绞在一起。

上周，我打电话给禅修中心，说我要过去帮忙，他们需要我做什么我就做什么。我知道禅师病得很重，我可能再也见不到他，我只想离他近一点。

我现在感到身心合一了。我不会等着哪个上级给我信号。我们要做的，就是往前迈一步，用我们的心和行动。对作家来说，那也是最好的生发地。

37 正面努力

我今天早上醒来，依然是重感冒，这已经是第四天了。我说："起床，纳特。起床就好。"然而，我躺在那里，盯着天花板发了四个小时的呆。最后，我终于从床上起身，穿了件粉色棉质裙子，拖着病躯去加里斯特奥报刊店写作。沿途开着紫丁香和鸢尾花。

两个男人坐在土坯墙上，在我经过的时候，喊道："嘿，天气不错啊。"

"他们看不出来我很惨吗?"我心里想。圣菲春光明媚，可那又怎样?

八年前我离婚了，在那段黑暗的日子里，只有一件事对我有所帮助。我记得禅师说："向着美好做正面努力。"对我来说，那意味着："起床，穿衣服。只要起床就好。"他的意思是说，不管处于何种境地，都要做人为的努力。你努力了，看得见的、看不见的都会来帮你。我们提起笔时，天使会为我们欢呼，因为他们知道我们想做这件事。在这汹涌澎湃的一刻，我们决定要改变这个世界的能量。我们将要写下我们心中所想。对或错并不重要。我们站起来，说出我们是谁。我们开头写道"我看见一匹蓝色的马"。谁也不能说世界上没有蓝色的马，因为我们说有。

继续。说说你看到的：头顶上方的吊扇、红色的可口可乐纸杯、白色的塑料刀。如果这些仍不足以让你开始写，想象你在这一伟大的时刻创造了宇宙，再想想在这个美丽的春日，我得了严重的感冒，觉得自己要死了，但还是强打起精神去加里斯特奥报刊店写作。

我每隔十分钟停下来擤一下鼻涕，而且我确定，此时只有我一个人背负着写作这个压力。我这么做不是为任何人，而是因为这么做能让我脑子里那些恼人的、愚蠢的、一直说我什么也不是的批评家闭嘴。尤其当我生病的时候，他们以虐待我为乐。"向着美好做正面努力。"即使怪物对着你尖叫，你也要走过去，走到桌子、沙发或咖啡馆那里，开始写作。

我经常自称写作界的小霍雷肖·阿尔杰（Horatio Alger）[①]。从来没有人觉得我会成为一名作家。我的家族没出过艺术家。我家房子里没有书。手相大师、占星大师、通灵大师都说，我会成为一名会计。直到去年，大概是因为我的决心足够坚定，我的掌心长出了几条新的纹路，一个按摩师看了我的手，说我是个“陶艺匠，会用双手去创造”。我不知道为什么自己那么想写作。九年级的英语课上，克莱门特先生站起来给我们读劳伦斯·弗林盖蒂（Lawrence Ferlinghetti）[②]和狄兰·托马斯（Dylan Thomas）[③]的作品，似乎诗歌有着非凡的意义。然后他关了灯。外面下着瓢泼大雨，长岛的雨，落在人行道上又弹了起来，打湿了青草，也浸湿了草与草之间的空地。

克莱门特先生说：“低头趴到课桌上，听听雨的声音。”我那时还不知道自己想当作家，但我知道这是种魔力，我想要更多。

常有在别的领域工作了几年的英语专业毕业生来我的写作班听课，只因为大学期间他们读陀思妥耶夫斯基、托马斯·曼、弗吉尼亚·伍尔芙，写作这个梦想生了根，在他们脑中挥之不去。当了几年计算机程序员后，他们发现干这行给不了他们午后窗外的那场瓢泼大雨。他们知道还有别的什么，就在他们自己的脑子里。我钦佩英语专业的学生。以此为专业有点愚笨，不会有什么建树。但愚笨一点是好事，能让我们单纯地去爱某样事物，不需要什么理由。那是最好的爱。

---

① 美国儿童小说作家。

② 美国诗人、画家，代表作有《心灵的科尼岛》。

③ 英国作家、诗人，代表作有《死亡与出场》。

38 因为……

慎用“因为”这个词。作家要做的不是解释，而是陈述。“不是为什么，而是什么。”比如，我去了商店，因为我需要点东西；我讨厌她，因为她很粗鲁；维罗妮卡买了全麦面包，因为她在吃午餐。

上面句子里的“因为”其实是多余的。换成：我去了商店，我需要点东西；我讨厌她，她很粗鲁；维罗妮卡买了全麦面包，她在吃午饭。你可以一句句陈述。写作是坚持自己、表达自己的练习。

你不需要把每句话连起来，并费尽心思地找理由。把句子堆叠在一起，其意义便跃然纸上。实际上，将文字一句接一句地落在纸上，会产生一种固有的压力或动力，催着你写下一个句子。这是一个语法问题。不要被解释绊住脚，从而停滞不前。只需陈述事实，不要有任何畏惧。

试一试

告诉我们你为大家而不只是为你自己做的事。写 20 分钟。具体一点。勇敢一点。你的胸怀是否宽广？

上面的练习完成后，第一时间在笔记本里已写完的文字下方画一道线，然后从另一个维度写。写下所有你知道的，忘掉你做的。写 20 分钟。用上一切可用的内容。不要考虑逻辑，任其自然展开。

39 慎用“非常”和“真的”

慎用“非常”这个词。一般都不需要。这个词是在强调已陈述的事。“这男孩非常腼腆。”“非常”并没有为这句话增色，事实上，“这男孩腼腆”更直接地陈述了这件事。没有喧宾夺主的“非常”，我们更能注意到“腼腆”。“非常”削弱了所修饰词的存在感。“这个非常好。”拿掉“非常”，直接说“这个好。”这是个勇敢的陈述，却少有人用。简单、直接、贴切。“好”这个品质没有装饰“非常”这个花边。就是一个“好”。警惕“非常”，谨慎使用这个词。

“真的”这个词也是一样。“这真的很好。”听上去就像作者自己都不信，所以要强调：“真的，我发誓，这很好。”“这很好”是一个你可以放心使用的简单直接的陈述，不需要夸大其词。词语和句子结构可以反映一个作家的品格。明确陈述你要说的话。不要害怕。大胆写出来。

我发现我说话的时候会说很多“真的”，因为在心底，我不相信人们的注意力在我这儿。我努力吸引他们“真的”来听。一个人要么在听，要么没在听。我们不需要让他们“真的”来做这件事。

我们可以回到身体层面，单纯地去写，既不隐藏也不凸显。在场就好。我们继而进入忘我的写作。我们为写而写，不为其他任何理由。这很好。

试一试

艾迪告诉我，在他上周参加的男性小组会上，他们讨论了灵性。艾迪觉得那次的讨论既模糊又冗长。

我说，他们应该在屋子里走动走动，让每个人讲一段自己的灵性体验。

现在就做这件事，不管你是男是女。写下你觉得上帝、女神或其他任何神与你同在的一次经历。给出细节。分享那次经历。如果你愿意，可以从平凡的事物开始写：“在给橱柜除尘的时候，我看到镜子上的灰尘形状是一个巨大的十字架……”或者“我在煎玉米粉圆饼，这时我在圆饼里看见了基督的脸。我迅速把饼从油里捞出来，搭了个圣坛，上面摆了石子、细枝、鼠尾草和欧芹……”慢慢讲，不要着急。我们所有人都有过某种意义上的灵性体验。现在把它们写下来，为它们正名。

40 死寂的一年

从我开始写作到现在，已经过去太久，久到尽管我已经很努力地去回忆，有时候也很难再找回初学者的心态。但田径跑步带回了初时的记忆，清晰如昨，真好。这也让我对写作班上的学生多了几分同情。我跑步登上一个小山丘，还有七座山头要跑，最初 15 分钟，回荡在我脑海里的只有一个声音，就像一段重复的唱词：“我不行，我不行，我不行……”而我的身体像是一个沉重的包袱，我拖着它龟速移动。

这让我想起刚开始写作那一年，那是死寂的一年，我那么渴望成为作家。我那时 24 岁，不知道应该怎么做。我不知道作家们的灵感和写作内容从何而来。我会坐在厨房桌旁，努力想，希望想出点可写的东西。我会对自己说：“让我们来看看。”我会环视整个房间。“天花板是白色的。”我在笔记本里写道。然后又坐了十分钟，我想到另外一句话：“我膝盖疼。”接着就有了一点灵感。“我昨晚做了个梦，可是忘了。”这过程艰难、痛苦，却又美好。我是在跟写作建立关系。一段时间之后，我已经可以对写作宣示主权。

与他人一起写作，在写作小组写，与朋友一起在咖啡馆写，是很好的鼓励，但写作不为人知的一面在于直面自己的惰性，坐着不动，待在那里，不要跑开。这会给你一种中心力量。即使朋友忘了你们的写作之约，你依然会写。即使家人批评你，即使你破产了，即使你觉得自己很蠢，即使你有关节炎，你依然会写。

我想到我在科罗拉多博尔德认识的一个女人，她叫丹妮娜。她来找我，上了一个小时的写作课后，我去检查她的作业。她是从丹佛特地飞过来的。她走进我的厨房，在桌旁坐下，突然哭了起来：“我想当作家。我有一家广告代理公司。我很成功，但我想当作家。”

“那就当啊。卖掉公司。”心理辅导我不在行，我只能告诉她该怎么做。

她点点头。

我心想："我的人生竟然变成了这样。我想去写作，却只能坐在这里给陌生人当顾问。"

让我惊讶的是，三个月后她来上我的夏季写作班。她的公司当时已经在售。我想："天啊，她是认真的。"

那年冬天，我需要在丹佛转机去明尼苏达。我有一个小时的逗留时间。我给丹妮娜打了个电话："嗨，你怎么样？"那是上午晚些时候。

"哦，天啊，纳塔莉！我一直干坐着，一上午都在试图写作。我把桌子摆在窗前，上面放着纸和笔。现在我要怎么做？"

我告诉她，手要动起来。

我想告诉她，写作的第一年不是狂奔的野马，没有什么刺激之处。第一年更像是走在酷暑的沙漠里，看不到尽头。你想找一个画面，可这画面却变成了海市蜃楼。万事皆空。你写的一切都站不住脚。就像你试图用手去抓一把沙，沙粒会从指缝中流走。你可以说，这是一次伟大的尝试。"啊，哦，是我做错了吗？我是不是应该保留那份高薪工作？我父母觉得我在浪费生命，孩子们想知道我成天都在干些什么。"外界环境总会要求我们适应，但这些还不是真正的挑战。这些只是一种借口或出口，只因我们无法应对内心的惰性，无法应对每当朝着心之所向奋斗时，就会冒头的那种抵触和厌倦情绪。

这种死寂的情绪会猛烈来袭，弥漫在整个第一年。往后几年，这种情绪还会时不时地回来考验你一下，但熬过了第一年，你就会心中有数，再也不会被它打倒了。

现在，每当写作遇到困难时，我就对自己说："不存在失败这回事。"对写作来说，唯一的失败在于你辍笔。那时，你就对不起你自己。你服从了你的抵触情绪。不要这样做。任凭外面的世界对你吼叫。创造一个意志坚定的内心世界。当有人对早上 5 点起床打坐冥想抱怨时，片桐禅师说道："向着美好做正面努力。"有时，当笔在纸上游走时，我会觉得，好像全世界只有我一个人担负着让地球绕着太阳转的责任。每当这个时候，我就对自己重复禅师的这句话。是啊，可能真是这样。我们每个人的确都在创造世界。我们得赶紧开工。

一周前，我在一个写作班上看见了丹妮娜。她通过了第一年的考验。我能感受到她的决心。她自己不一定完全清楚，但旁观者能看出来。

度过第一年之后，很多人会重新开始工作，赚钱糊口。听上去像是他们放弃了写作，其实不然，他们向自己证明了一些东西。他们不会放弃写作，即便他们还需要还贷款、开家长会、例行购物。写作已经完完全全是他们的了。他们已经宣示了主权。这里面包含一种个人力量。没有人可以将它拿走。

41 让手动起来

我又回到了陶斯那个购物广场的餐厅里，坐在阿岱尔旁边。我们每周见三次面，她也对我的座右铭坚信不疑：闭上嘴，只管写。

每当我想寒暄的时候，她就说："好了，写两个小时。"

我说："你开玩笑吧？别这样。"但不等我这句话说完，她就已经沉浸在写作当中，我也不得不继续写自己的小说。于是，我写《香蕉玫瑰》。

在我当时正在写的那一章里，内尔即将发现她的男朋友到处乱搞，但我知道我不能直接跳到这件事，得慢慢地、不知不觉地过渡到这件事。如若不然，这小说就会沦为线条画，线条人物行人类之事：第一章，内尔爱高甘；第二章，高甘吻了别人；第三章，内尔晕倒了。我必须得让节奏慢下来，描述天气、衣服、内尔的脸。写小说不像拉拉链，写一段拉上一段。你得维持读者的注意力，最好的办法是进入人物的生活。

我对我的学生说，你不可能种一粒草籽，然后就能拔出一棵草。事情不是这么发展的。我们得耐心地等着草籽发芽生长。需要的元素有很多：阳光、白云、土壤、昆虫、种子。写作也是一样。导致内尔的男友劈腿的因素有很多。即使在我当时要写的那一章里，内尔得知这一消息也需要一些时间。

我拽了拽阿岱尔的袖子。她写得热火朝天，我却不知道如何开始。

"阿岱尔，你在写什么？"我问道。

"1978 年发生在我身上的事。"她快速说道，笔还在纸上写，没有停。

我的思绪飘开来。1978 年？那年我做了什么？《幕府将军》（*Shogun*）[①]！我读了《幕府将军》。我开始写：内尔坐在门廊的秋千

① 詹姆士·克拉维尔作品。

上，读着《幕府将军》。由此入手，我进入了整件事的核心。我把时间设定为夏天，因为我写作那天是陶斯的夏天。我让眼前的天气告诉我怎么写。

从眼前的事物获取提示是个好办法，这能让写作变得生动。还有一次，我写内尔离婚的事。我抬头瞄了一眼。我看见餐厅门上方的壁架上放着一盒康适茶包。没错，那章开头写的就是内尔在明尼阿波利斯的一家咖啡馆喝康适茶。但小说里，内尔离婚的时间应该发生在秋天，所以那章的时间我设定为 10 月，尽管我写作那天陶斯在下雪。有时我能让眼前的事物告诉我怎么写，有时则不能。

写小说会让你循规蹈矩，因为你会受到很多约束。我认为诗歌是终极自由。每首诗都是一个独立的宇宙，但这自由也是艰难的。没有”诗歌事业“一说，即使你练习写诗，你也只能耐心等候，等待那首真正的诗到来。诗歌讲究的是神性，小说讲究的是用功和守规矩。这对我来说不容易，刚好可以通过写小说练习。

有时，阿岱尔只能待一两个小时。她走后，我继续留在那里，成了一个孤独的作家。在写作这项竞赛中，只与自己最好的时间赛跑。我会深入内尔的生活，忘记自己的生活。我会点一份吐司，吃完再来一杯果汁，随便什么，只要能继续坐在那里。我连服务员的名字都知道了。待到中午离开，去另外一个地方吃午饭。有时 2 点左右，还会回到“我的”餐厅，继续写作。

写作是一种民主行为，没有等级划分。你是诺贝尔文学奖获得者又怎样？第二天醒来，还是得开始写另一个故事。阿岱尔刚开始写作，而我已经写了 15 年，这不要紧。事实上，她给写作带来了一种新鲜感。我们需要的不过是让手在纸上移动。不要目中无人，觉得你得找个伟大的人一起写。谁是伟大的人？随便找个人，开始写吧。

42 渴望是最佳动力

孩提时代，我什么也不懂。我喜欢奥利奥饼干和奶奶做的剁肝。除此之外，我就在长岛的复式住宅里呼呼大睡，周围住的都是意大利人和爱尔兰天主教徒。在我们摆衣橱的地方，他们摆的是祭坛。

然后，到了我 12 岁那年，那年夏令营我学会了网球。也说不上是学。我走进网球场，感觉自己完整了。如果让我去学，我很可能会中途放弃。我就是那种没有耐性的小孩，但网球我懂。它就像一首歌，我一遍遍地弹奏。日复一日，从早到晚。我逃了垒球、排球、游泳、划艇、戏剧、艺术、手工等课程。我和 8 岁、12 岁、16 岁的人打网球，谁来就跟谁打。我活在网球场上，不管和我对打的是谁，这里都是我的主场。我很乐意多拍对打，但如果打比赛，我会赢。但是注意，我对输赢并不在意。我处于这类境界之外。我贪恋毛茸茸的网球撞击在球拍中央的声音，贪恋我伸出去的年轻的手臂和球鞋鞋底在地面的摩擦、转圈。我从不觉得累、热，不会大汗淋漓。我是一个神。我从思想的境界里走了出来。

这是我第一次完全发自内心地喜欢一样东西。它是我的。我那时并不知道。我只是每天带着我那 16 美元的木制史莱辛格球拍去球场。

我 14 岁的时候，当时 16 岁的夏令营服务生布鲁斯·博考维茨 8 月回到布鲁克林，扬言来年夏天要打败我。他练了一整个冬天，当我们再次在韦斯切斯特的豪生酒店停车场的夏令营大巴里碰面时，他的露营背包里装了三把球拍。我们来到阿迪朗达克斯山安营扎寨的第二天，他就向我发起挑战，要跟我打一场球。

我像王子一般走上球场，对，不是公主。公主都很娇弱。她们睡觉时隔着十二层床垫都能感受到床垫下的豌豆。在我的“疆土”——网球场上，我是一个王子。这不是傲慢。我知道我是谁：我谁也不是。上场的只是一双眼、两只手、一个拿着球拍的身体，最重要的是，我对布鲁斯·博考维茨能否打败我毫不在意。

当然，这种态度让布鲁斯彻底泄了气。他崩盘了。我单盘 6 比 0 击败了他。我相信过了那个冬天他确实变强了，很可能强过我，毕竟我在长岛的家里一次网球也没打。我一回到家，就回到了吃奥利奥饼干和看电视的状态。

这和心态有关。我打球的时候没有杂念。布鲁斯有。他有期待，有目标，有欲望。网球飞向他的时候，他在想应该打哪个点才能得分。而我什么也没想。那是我唯一感到自由的地方。这种状态是一个礼物。现在年事渐长，我知道我得持续努力才能保持自由。我需要练习，改进打法。然而，16 岁那年夏天我交了男朋友，之后就再也没有踏上网球场。

我对写作也是这种感觉，在我 23 岁写第一首诗的时候，我感到自己是完整无缺的。但与网球不同的是，写作我坚持了下来，也曾有过几次艰难时刻，也曾想过放弃。但即便如此，我还是坚持了下来。这是一个过程。我并不是一开始就与写作“缔结连理”，而是无论任何时候我都坚持与它相连，这才坚定了我的决心。如今，不管我是否喜欢、能否出版，写作都是我的立足之根本、行为之基础。坚守这项事业让我变得深刻，也给了我支撑。

我初搬到圣菲时，来我写作班上课的人抱着一种写作能拯救他们的念头，我觉得这种想法很奇怪。上个月他们试了罗尔芬按摩法，这个月又来试写作。尝试不同的事物是好事，但最终我们必须专注于一件事，投入其中。否则我们永远在飘，不得安宁。坚持一件事让我们有机会看透生活，获得自由。

明确和坚持并不容易做到，因为人类的本性包含了贪婪和不满足。总有更好的音响、电视、汽车和鞋子吸引你的注意力。明明下周可以开始悬挂滑翔，为什么要专注写作？人类的本性喂养着心猿。我们关注的事物摇摆不定时，就是在刺激心猿。

我班上常有学生想成为作家，想靠写作挣很多钱，代替现在这个虽然舒服但不尽如人意的工作。我告诉他们："你得做好难过且贫穷的准备，可能余生都是这样。你的视野必须要广，要进入全世界作家的精神社群，从过去到现在再到将来，永生永世。所以当你尚未下定决心时，还是留着你那份薪酬不错的工作吧。"

海明威在《非洲的青山》(*Green Hills of Africa*) 一书中写两个美国年轻人去巴黎花了两年时间尝试当艺术家。尝试不成功的话，他们打算回家去父亲的公司工作。海明威说，这是错误的态度，不管需要多久，你都必须心甘情愿地坚持。

你得让写作吞噬你的生命，时刻跟随它的脚步。你需要适应它，而不是让它完美地适应你的生活。写作让你变得狂野。凯特说，每晚9点左右她把大儿子拉斐尔哄睡，然后就开始写作，一直写到夜里12点或1点。(她白天还有一份工作，在学校教诗歌写作。) 她说，在外界看来，她很正常，换尿布、做饭，但她内心很狂野。她是怎么做到上一天班，回来还要带孩子和写作的？只因她渴望至极。最终驱动你的力量是渴望，而不在于能否毫不费力地与你生活中的其他部分融为一体。

让自己燃烧吧！让自己渴望某样事物。这是一种生命力。我23岁开始写作的时候，以为写作更多的是一种欲望，而不是热情。我记得我曾经搭顺风车去芝加哥，那时我住在安娜堡，和一个朋友住在一起，我朋友养了一只叫拉科塔的狗。我们去拜访她的姨妈。路上我看到一则海报，宣传一个在仓库里进行的诗歌比赛。50个诗人，每人三分钟，面对四个裁判朗读诗歌。我去了，坐在观众席旁听。观众席里坐的基本上都是要去朗读的，不朗读的很少，而且也只有朗读的人才坐到最后。朗读者和我，就这样。我一直听，一直听。不在意他们的诗写得好还是坏。我从中汲取营养。此后十年，只要可以，每个朗读会我都去。在明尼阿波利斯时，这意味着一周五次。

回首过往，我不知道我身体里的那团火来源于何处，但即便在今天，我身处购物广场的花园餐厅，坐在一个没有窗户的小隔间里，还能记得这团火。真好。这是寒冬后初暖的日子，午后我想出去玩，却发现自己拿着笔记本在这里写作。此时我能记起我是如何从最初走到现在的，记起一切的来龙去脉，记起年轻时我对写作狂热的爱。真好。

大约一个月前，我和吉宁·罗斯待了一段时间，她写了三本关于饮食强迫症的书。我沉思着告诉她我的想法，告诉她我认为我的整个写作生涯是一种瘾症，为了它我放弃了家、情人和正常的生活。

这个女人对食物狂热和饮食强迫症了若指掌，她听我说了一会儿，然后说道："不，纳塔莉，瘾症会消耗你。你并没有被写作消耗。写作是你的热情。"

啊，我的热情！助我渡过难关的原来是热情。让热情一路燃烧吧，燃烧每一层灵魂、有意识与无意识。否则，你就会像我对待网球那样——16岁那年情愿为了谈恋爱而放弃它。强大一点，不要让任何事情带走你的热情。

试一试

写某样你真正喜爱的事。在某个时间，这个活动让你觉得自己完整无缺。这件事可以很简单，像是学烤芝士三明治，或是你叔叔教你把鞋带系成蝴蝶结。这是一件你小时候全神贯注去做的事，因为全神贯注会带来运气和爱。具体一点，不要忘了加入一些细节，写写你低头系鞋带时窗外的云，或者你弯腰时头顶的枝形吊灯。这是很好的练习。当你全神贯注锁定细节时，你也能清醒地认识到整个世界。

43 从愉悦出发

我认识一位作家，她现在已经六十多岁，她告诉我说，她在年近三十的时候经历过一次情绪崩溃，因为她不知道自己是谁。她从南方乡下搬到纽约，和家人渐渐疏离。她在纽约 34 街漫无目的地走，完全失去了方向。后来她找了个心理医生，花了三年时间才拯救了自己。第一次心理咨询时，心理医生让她想一件自己喜欢的事，只为自己而喜欢，不是因为母亲说好或者南方人说好，也不是为了讨好纽约人。最后，一个小时的咨询快结束时，她想到了一件事。她知道，这件她义无反顾只为自己喜欢的事就是，她真心喜欢巧克力的味道。从那一点愉悦出发，她和心理医生开始一起构建一个真实的人生。

我敢说文学就建立在这样的愉悦之上。让我们把学校、考试、批评放到一边。你读了一本好书，这行为本身就是一种愉悦。米里亚姆说："当你读书的时候，你不是在造业。"你走出了困境，走出了因果。你只是单纯地坐在那里，两条腿架在椅子扶手上晃来晃去，你的眼睛盯着书页，你与彼时写这本书的作者心灵相通。

以此为出发点很好，可以让我们看到能给我们带来真正愉悦的是什么。这对写作来说是一个很好的根基。比起愤怒、复仇、嫉妒或厌恶，用愉悦喂养作品可以带领我们走得更远。我并不是说要避免写这些主题，而是说让我们往写作这个火炉里添加让我们愉悦的燃料，以便我们写愤怒或毁灭时，不会陷入其中、无法自拔。世界很大，远不止于此。

大约一年前，我在圣菲听了琳达·莱昂纳多（Linda Leonard）的演讲，她的作品有《受伤的女人》（*The Wounded Woman*，香巴拉出版社，1983）和《参加婚礼的路上》（*On the way to the Wedding*，香巴拉出版社，1987）。当时她正在写一本新书，关于创造力和上瘾。她说，艺术家和酒鬼走着相似的路径。他们都走进黑暗里，不同的是，酒鬼陷在里面出不来。艺术家（如果没有上瘾的话）走进黑暗里，被这段经历改造，出来时更加生龙活虎。我想象艺术家是一个深海潜水的人，她屏住呼吸，六分钟后突然冒出水面，阳光照射在水雾上，这时距离她出发的地方已经有一百英尺。而酒鬼潜入水中，陷入淤泥，被海底世界催眠，继而溺水。艺术家值得称道的地方在于他们可以在经历中游刃有余，从中学习并及时抽身。这就是写作和阅读可以给予我们的。

我第一次闭关冥想是在 1976 年。我记得，冥想老师跟我们解释说，精神错乱就是陷在一个想法里出不来，做不到放手——“我疯了。我疯了。我疯了。”内心的磁带不停，或者无法过渡到下一个想法，去想“我疯了。我想吃汉堡包。我的鼻子很痒。我希望我有一匹马”。当我们不停地从一个想法跳到另一个想法时，我们听起来可能像是疯了，但实际上我们在往前走，没有被某个念头拴住。所以也许运动就是一种深层次的愉悦：驾，赶快上路。先写一个词，再写下一个。一个接一个写。翻过此页。

我最近遇到一个女人，她在一所著名的大学获得了创意写作的学位，谈起文学来也是津津乐道。她说，她写了五部小说，但是一部都没有写完。这立即吸引了我的注意力。“发生了什么?”我问，“你是说你写了十页，然后放弃了吗?”

“不是。”她说，“我可能已经写了 180 页，边写边哼着歌，然后突然失去了兴趣，或者不再相信这个故事了。这个故事带我来到第 180 页，然后戛然而止。”

我默然。“这是一个关乎信仰的行为，”我说，“即使你不相信了，它也还在继续，走进无边的荒野。”我的小说写到了一半，我明白这种感受。我自己也是拖着身躯在沙漠中行走。

干吗不给自己一次机会？允许自己写不完一本书，放弃一次，就这样。其他时候，一旦开始写一本书，不管你多讨厌它，都要坚持写完。我认为这是个好主意，因为这让你的火炉在你动笔之前就熊熊燃烧。不要犹豫不决地随便抓住一个想法，然后写几章再放弃。坚守承诺是一种愉悦。让这愉悦变得深刻。耐心等待，等到内心笃定（你能达到的最为笃定的状态），然后一头栽下水，你心里知道你必须从蒙托克角[①]游到巴黎，不能回头。这其中有一种狂野又惊人的愉悦。

试一试

列出让你愉悦的事物，只因为你喜欢，而不是因为你的母亲、女友、阿姨喜欢。一开始可以严格一点。“哎呀，纳塔莉，你不能把赛马列进去，这个只是因为你父亲喜欢所以你才喜欢。”但我可以列出树木渐显潮湿的样子，也可以写陶斯的周一、高脚杯里的水、烤鸡的香味。

现在从你的清单里挑一件让你愉悦的事，写十分钟。

拉着你朋友的手，告诉他你从某样事物中获得的愉悦，这是一种非常友好的行为。带着这个想法去写，想象你是在与人分享。我的朋友塞西尔有一次教我欣赏各种石头的美。她带我去圣菲城外的河谷散步，她时不时弯腰捡起一块石头：“看，这颜色，这形状。”我看完点点头，她就放到地上合适的位置。我们往前走了一段，她又给我看另一块。这过程花费了一些时间。我当时并没有完全理解，但她很宽容，我最终明白了。现在想起来还是很美好。她并没有举起一块巨石朝我头上砸下来。

不要要求你的读者和你喜欢一样的东西。慢慢地、温柔地开始，展示你从某样事物中获得的愉悦。

---

① 位于美国纽约长岛东部。

44 写作的魔法

我即将告诉你的事，在某种意义上你可能不会相信。你也一定不要过分相信，觉得它能救你的命或让你暴富。这件事只与写作有关，讲的是写作的神秘力量，你必须忘掉这股神秘的力量，必须只能将之用于写作。不要滥用，不要贪婪。

两年前的夏天，8月末，我和朋友珍妮特一起去了阿尔伯克基的州博览会。看到有赛马，我对珍妮特说："嘿，我们买票去吧。"

我非常兴奋。那个夏天我爱上了马，我记得我父亲总去纽约州萨拉托加泉的赛马场。我想站在看台上，看这些又大又美的动物赛跑。

珍妮特拿起一份赌马宣传册，上面列有所有赛事以及马的名字和战绩。她说："我们来赌吧。两美元一场。我们每人下一美元赌注。"

"好啊，"我说，"先看看赛表。"我们到的时候，第二场比赛已经进行了一半。我看了看第三场参赛名单上的12匹马。我手指滑过它们的名字，感受到一股能量，第七匹马的名字在轻轻拉着我。"好了，我买霹雳，七号。我们赌它前二，我不确定它是第一、第二还是第三。"

霹雳得了第二名，我们赢了一点钱。珍妮特还想赌。她说："我们会连赢的。这次我来选。"她选了"会飞的格特鲁"，她说她男朋友的猫就叫格特鲁。

我说："好的。"不过我还是用手指顺着第四场的名单摸了摸，感觉到"沙利文的陷阱"在召唤我。"好，"我说，"这次轮到你选，不过我赌八号马至少前二。"

"沙利文的陷阱"得了第一。

"会飞的格特鲁"是最后一名。珍妮特很沮丧。她撕掉了赛马券，低头看着撕碎的纸片飘落在地上。

"现在该我了，"我说，"来嘛，上一把我们每个人不过输了一美元。"我又用手指顺着名单往下摸，这次是九号。"我们赌箭头进前三。”我说。

“哎呀，我们勇敢点，”珍妮特说，“我们赌它赢。”

我摇了摇头，但还是屈服了。我只知道箭头会是前三名，不能确定它是不是第一。

箭头得了第二，我们输了，但珍妮特转头问我：“你觉得下一场会是哪匹马赢？”她把赛表递给我。

我说：“二号。”

“前二、前三还是第一？”

我皱起眉头：“我不确定。我只知道它会是前三名。”

“好，第二怎么样？赌前二？”

“好。”

二号得了第三名，我们输了。我赌够了，想离开。“我们走吧。”我说。

珍妮特看着我：“你怎么会懂这些？”

我拉着她的胳膊穿过人群。“我不知道。”我说。然后我在心里想：“你从哪儿学会低头看名单，然后相信你感觉到的某种能量？”我紧张起来，觉得自己成了一个媒介，外星人假我之口说话。我突然特别想吃花生酱三明治。

然后我意识到：是写作。很久之前，我就学会了相信心灵边缘的那些感知，久到我已经忘记了这项能力。我们写作的时候，条条大路从四面八方打开，我已经学会抓住那些对我发出呼喊的、蕴藏着骇人的可能性的词。这并不是我凭思考想出来的。我沉入黑暗的深潭，让思想的猛兽如电流般传遍全身。如果我们处于清醒状态，就能看见整个世界在闪闪发光，指引着我们。赛马场上的我就处于清醒状态，因为马的名字是用文字写下来的，而我在某个领域训练有素，那就是对文字保持敏锐。

因此写作可以教给你很多东西。学习写作等于获取魔法。这些秘密魔法，没有人可以给你。你必须自己争取，并且不能滥用。第一场赛马我赢了五美元，除去后面三场输的三美元，剩下的两美元我买了一张少年俱乐部年度募捐的有奖奖券。那张奖券没中奖，自行车、电视、百元购物券，什么也没中。所以你应该知道，空手而来，空手而归，这对作家来说不过是平常之事。

试一试

写一次你拥有魔法的经历，这可能要追溯到你小时候。或者写你曾幻想或希冀过的魔法。让自己拥有这些魔法，并以此为出发点开始写。

现在，写十分钟，不要思考，纵身一跃——哪些人是你的天使？写下他们所有人的名字。开始吧。

试一试

咬一口芹菜。写一个语气强烈的词。不是“好吃”“咸”“很好”这类词。静静地坐着，等待一个具体的词：“老虎”“肌肉”“玻璃”。这个强烈的词不一定需要符合逻辑，也不应该是一种司空见惯的条件反射。例如，如果我说“爱”，试着想一想“情人”“心”“永远”以外的词。进入更深的层次，深入散漫的思绪之下，找到心灵对事物的第一反应。坚持用可以带来画面感的具体的词：爱——“牛油果”；爱——“半球”；爱——“汽油”。

闻一朵玫瑰花，就像你从不认识玫瑰、花朵、花瓣，就像你是第一次闻。快速写下几个让人感觉强烈的词。还是保持具体：玫瑰——“肝”；玫瑰——“大麦”；玫瑰——“河水”。但凡想到什么你感觉强烈的记忆、词语或画面，写下来。

好的比喻就是这么产生的。你闻一朵玫瑰花，探索感官的边缘，相信感官，然后抓住寻常思维之外的某样事物，将其拽到眼前。我试着从玫瑰——“肝”展开。“这朵玫瑰闻起来像是煎锅里嗞嗞作响的炒肝。这种味道冲进我的鼻孔，打开我的肺叶，就像是破碎球砸在石灰墙上，墙面轰然倒下。”这个形容不同于“玫瑰闻起来很香”“这味道很好闻”，而是给出了具体的意象：煎锅、炒肝、石灰墙、破碎球。写作是一种视觉艺术。检查一下你的写作是否有画面感。

和一个朋友或一群人坐在一起，大家轮流抛出词汇：“窗户”“椅子”“马”“砖”“天花板”“冰淇淋”“凯迪拉克”“山丘”“伦敦”“汤”。

说出每个词后，整组人花一分钟的时间写一些感觉强烈的词。这练习很有好处，能带我们进入更深刻的领域，而不是停留在学校作文的层面，一写假期就是：“很有趣。很美好。我很喜欢。”它能带我们脱离自以为应该说的话，深入事物的本来面貌。它让事物变得简单直接。现在，从“伦敦”延伸出去，找一个感觉强烈的词：“铝箔”。砰！一个画面出现了。“3月，我第一次去英格兰。天气很冷，风很大。我走在伦敦的街道上，整个城市像是被千千万万双脏了的鞋底踏碎的铝箔。”

耐心一点。你并不是总能第一时间敲定那些绝妙的、让人感觉强烈的、具体的词。往往需要一点热身时间，经过一番不懈的努力，才会找到那个跃然纸上、直击要害的词。奋身投入吧！

45 成功不代表一切

《再活一次》出版后，我给远在佛罗里达的父母打电话。

“妈，莱昂纳德·科恩①的经纪人给我打电话了，说喜欢这本书。”我在长途电话里告诉她。

“莱昂纳德·科恩是谁?”我母亲问道。

“是一个很有名的词曲作家。”我解释道。我没能打动她。

“好吧，至少他是个犹太人。”我父亲在分机里插了一句。

刚刚过去的4月，我在南卡罗来纳开了个写作班，邀请我父母开车过来旁听。我希望这一次他们能理解我的成功。签到是在周五晚上7点，正式上课是7点半。我坐飞机5点半就到了，因此我要求先去酒店洗个澡。所有人签到之后，到处找我，都在疑惑我去了哪儿。我父母坐在角落的长沙发上。

我的照片印在《再活一次》的封底。有人认出了我母亲。我和我母亲长得很像。我母亲七十多，我四十。看见我母亲的那个女人用胳膊肘碰了碰另一个人。她们从封底抬起头，看了看沙发上我的母亲，又看了看封底。“一定就是她。”她们断言。其中一个摇了摇头：“这照片可能有些年头了。”

“写作不易啊。”另一个笑道。

我到的时候，穿着六个月前去佛罗里达看望父母时穿的衣服。在佛罗里达，他们讨厌这身长裤配夹克。写作课上，我父亲说的第一句话是：“我喜欢你这一身装束，发型看起来也棒极了。”我头发刚剪，剪得很短，通常他们不喜欢我剪短发。但在写作课上，突然之间我做什么都不是错的了。

课间，有人走过去问我父母：“她继承了你们谁的衣钵?”

我父亲答道：“我和我妻子都是很普通的人。她全凭自己走到了

---

① 加拿大演员、歌手、词曲作家、编剧、小说家、诗人，代表作有：小说《美丽的失落者》，电影《我是你的男人》，专辑《未来》《十首新歌》等。

这一步。”

让我惊讶的是，我父母不仅整个周末都坚持了下来，还完成了所有的写作任务。其中一项作业完成后，举手朗读时，我父亲用力地挥手。

我想无视他，但最终没办法，还是选了他。他写的是我，内容是我大一学期结束时从学校返家，途中我们停在了车道上，我哭着说想要回家。他声称整件事是他头天晚上躺在酒店床上想出来的。我站在那里听他读，觉得很荒谬。

待他读完，我还能说什么呢？“很好。”我点点头，转头便问，“还有哪位要读？”

“等一下！你是真的喜欢吗？”他问。

“是的，细节很多。”我顿了顿，又补了句，“只可惜。”大家都笑了。

那晚我们出去吃饭，我父母口中满是溢美之词。我越来越觉得不舒服，但又说不出为什么。他们喜欢我的装束，说他们真正对写作有了一定的了解。

周日，写作课结束了，我们计划一起开车去查尔斯顿玩两天，参观一下这座城市。车在连绵起伏的绿色山丘中穿行，我父亲突然觉得我不应该穿身上这条短裤。

他们模仿我在写作课上的说话方式。“你知道，心灵就是这么运作的。”我父亲说。他手扶在方向盘上，我母亲的手在空中飞舞，就像我在课堂上挥舞着手解释心灵运作那样。

抵达我事先预订的 1890 旅馆时，我父亲担心那儿没有空调，又急于知道电梯在哪儿。我母亲给了我两件粉色的棉睡袍，是他们从佛罗里达带来的礼物。

临近晚饭时间，我愈发觉得压抑、孤独，但又说不出原因。说到底，我不是已经成功了吗？他们不是已经看到了吗？我们换了身衣服出去吃饭。我穿着母亲刚给我的一件睡袍出了门，腰间系了根皮带，脚上穿了双平底凉鞋。父亲没有注意到。母亲的脸沉了下来，她咬了咬嘴唇。在餐厅，我临时走开了一会儿，母亲跟父亲说了睡袍的事。待我回到座位上，父亲说："你妈跟我说，你穿了件我们送给你的睡袍。"

"是啊。"我承认道。我喝了一小口水，然后盯着那个大菜单点了晚餐。

现在已是9月，好几个月过去了。我明白了一些当时不明白的事情。成功不同于爱。我把二者混淆了。我以为写书可以让我得到父母的关注，我渴望他们关注我，只因为我活着，只因为我是我，这种渴望由来已久。我之所以写作，是因为我从不曾像写第一首诗时那样，觉得自己那么圆满、那么有生命力。我是完整的。我自身有所创造，什么也不缺。这就是原始的火苗。这本来已经足够好，怎奈我在过程中把一切混为一谈。我以为写作可以治愈全世界，可以治愈我，可以无所不能，只因为我在写作时自我感觉太过良好。于是，写作是一项好的行为，可惜我向前跨了一步，超出了写作行为本身。我希望成功成名、引人注目，从而得到我小时候未能得到过的爱和重视。

我将写作抽离了写作，将生活抽离了生活。我企图将写作抛到远远的前方，以为它可以治愈远在后方的伤痛。"如果我出名了，那么……""如果这本书写完了，那么……""如果我得到了这笔资助，那么……""如果我的书出版了，那么……"

我们需要让写作回归写作，此时此刻它能给予我们什么就是什么。着眼于此时此刻的任何一样事物，我们就能从过去、现在、将来中解放自己。我们就在那里。不管做什么，砍木头就是单纯的砍木头，刷牙就是单纯的刷牙，走路就是单纯的走路。

写书时，我非常急切地想要写完。其实，这很愚蠢。等待太过漫长。写完之后，又能怎样？还不是要去写下一本——我是一个作家。因此，我们最终只得放弃期待。只管写好了。写作的价值在其自身。成功让你变得可笑，你会沦落到穿着睡衣去吃晚餐。

46 遵从写作自我

那是一个周一的晚上。我和蕾妮在陶斯的梅布尔·道奇·卢汉故居上了一堂两小时的写作课，课题是“新鲜与持久：作家人生”。蕾妮讲前一个小时，讲的是限时写作，主题是新鲜。然后我上台了。我想讲的是传统的家长制观念：持久。

我对他们说：“你们在这堂课上写什么不重要，重要的是你们坚持写下去。”

有人马上举手：“没错，但时机也很重要，不是吗？你可能已经准备好了随时可以出版，但你写的那些人还活着。为了不伤害他们，你不该再等等吗？”

这个问题本身显然是存在问题的。你不能坐在那里等着别人死。我抛开写作练习的开场白、老派的长须白袍，当场给他们讲了一个我生活中的故事。

“好吧，我觉得你不能干坐着等待对的时间。什么才是对的时间？两周前，我打定主意告诉我父亲我在和女人交往。我父母的思想像原始禅心一般单纯。他们走进外部世界，一切对他们来说都是新鲜的：录音机、摄像机。

我给他们打了长途电话，我父亲说：‘纳特，我去了图书馆！我找到一本很厚的书，说是列了所有已出版的书。’

他找到的一定是《在版书目》。没什么了不起。每个书店都有，但对我父亲来说这是一个奇迹。

‘好吧，我以为我能找到你的名字，但是上面没有。所以我有了一个主意：按书名找。你猜怎么着，果然找到了你！我太激动了，我跑去拿给图书馆的管理员看。她说如果我把你的书带过去，他们就可以在封面上贴个标签，说是我捐赠的。所以我就去书店买了一本，带了过去。纳特，我太骄傲了！’

我犹豫了。我的母亲在那头的分机里问道：‘纳特，出了什么事

吗？你怎么不说话？’

这给我打开了出口。我迈了过去：‘爸，你有没有发现我一年没有提到过男人了？’

我母亲已经知道了，她倒吸了一口气：‘哦，天啊！不要啊，纳特，不要！’我继续说了下去。

待我说完，我母亲说：‘你可真挑了个好时候告诉我们。’

什么时候才是最合适的？根本没有。你不能等，你必须勇往直前。”

我对着全班人笑了笑。“我猜你们一定想知道我父亲说了什么。”我顿了顿，“他问我为什么告诉他这件事。”

“我告诉他：‘我不想把事情藏着掖着。’”

“他说：‘你知道的，我宁愿被蒙在鼓里。’”

我们花很多时间维系着父母或者整个社会构建的白色城堡。这些城堡与我们自己无关，与真相亦无关。维系它们对我们来说是巨大的负担。说到底，它们不是真的城堡，更像是廉价汉堡连锁店里摆的石膏模型。我的父母已经创造了他们自己的人生。现在，这是我的人生。我必须自己去活。如果我因为说出真相而受到谴责，那是不对的。是的，真相有很多，但我应该有权讲出我自己的。我们这么做不会得到鼓励，也不会得到社会的肯定，因此我们很难写出作家眼中所见的事物而又不显得疯狂，我们总是思前想后，觉得应该等待最佳时机。事实上，我们得创造最佳时机，而不是坐着干等。

下面这则故事是片桐禅师在周三晚课上讲的，那时我去禅修中心已有一年：

“父亲和儿子划船出海捕鱼。父亲掉到了水里，他不会游泳。彼时，儿子非常渴望进入一个寺庙，领悟真理。他划船到了岸边。”故事结束。禅宗故事总是这样，戛然而止，我已经习以为常，但这个故事还是结束得太突然了。

我猛地举手："等一下，禅师。那父亲呢？他怎么样了？"

禅师直视前方："溺死了。"

我愣住了。"这是什么样的宗教呢？"

有很长一段时间，我都在思考那个故事，我理解不了。现在，我理解了。

但是我得承认，那天上完"新鲜与持久"这节写作课后，我走在莫拉达小道上，举目眺望陶斯山和 8 月末的白杨木，我想起了父亲，想到他单纯的初心，想到他把一本《在版书目》当成了了不得的奇迹，念及于此，我心中充满了温情。

我记得有一年 12 月我去探望父母。最后一天，父亲想带母亲和我去他最喜欢的餐厅吃早饭。父亲显得很激动。

整顿饭期间，他一直往前推粉色塑料桌布，不停地往桌子底下看。吃完饭，服务员拿来账单，他又往桌下看了一眼。我和母亲都穿着凉拖。"你们要知道，"他对母亲和我说道，"如果有人只是给我看你们的脚，我绝对不会想到你们和我有什么关系。"他摇了摇头。

想起这件事，我发现自己竟然在想："你觉得他什么时候会死？我什么意见都不能发表，不能伤害他。"我大笑起来。前一晚我还很勇敢，告诉大家要勇往直前，第二天我的善心就不愿伤害任何人的白色城堡。现在你懂了。我们都是人。我的写作自我比其他部分的自我要勇敢。我追随她，信任她，但我知道我的人类自我不是真理和语言的勇士，会拖后腿。这一切我们都要考虑到。

去年 3 月，我坐在巴黎的一间咖啡馆，整个早上都在努力写作，我写的是女同性恋酒吧。写完之后，我的人类自我抱怨道："哦，不要，纳特。这个我们不会发表的，对吧？"

我的写作自我一脸不可思议地转向她："当然要发表。有什么问题吗？既然想到了，就要说出来。”

是的，我会一直忠于写作自我。她勇敢无畏，但我也知晓，她对其他任何事都不在乎，包括我的健康、快乐、福祉。我过往曾经盲目追随她，让其他部分的自我无家可归，光着脚，忍饥挨饿。现在我努力关照全方位的我，以便即使我发表了真相，也还有赖以立足的生活，在我把灵魂最深处的秘密公之于众时，可以让我安心。

47 越界

三年前的一个周末晚上，在唐·库贝罗大街的厚壁土砖房里，我写完了《再活一次》。写这本书花了我一年半的时间，还不算教写作班和开展写作练习的 12 年。最后七周，我一周七天从早写到晚。我处于一种“变异”状态。我早睡早起，饮食规律，甚至穿着暗色的衣服，完全不参与社交。从表面上看，我很无趣，但我内心很狂野。

把《再活一次》最后一页从打字机里抽出的那一刻，我说：“纳特，我想你可以放下这本书了。”接下来，我脑海里闪现的念头是：“我现在想和女人在一起。”我猛地转过头，“哈！”这可是一次飞跃。这件事我以前从未认真考虑过。

我花了一年时间消化这个想法。那年 9 月去欧洲的途中，我在曼哈顿稍作停留，从朋友住的 40 层楼上往外看着哈德逊河。我问自己：“好了，纳特，怎么回事？你怎么了？”

“我想去探索女人。”我回答道。

“行，你想通了。整整两年了，去吧。”我对自己说。

我买了一本叫“欧洲盖亚指南”的书，里面列了很多同性恋夜总会、度假胜地。我来到了马德里。夜晚，我走在狭窄幽暗的街道上，借着远处的一点灯光，寻找那些地址隐蔽的女同性恋酒吧。这类酒吧外面通常没有标志，你得按门铃才能获准进去。我在马德里、巴塞罗那、巴黎都去过这些酒吧。但在里斯本没有找到。

白天的时候，我读海明威的《午后之死》（*Death in the Afternoon*），一本很厚的讲斗牛的技术类书。那个月我爱上了海明威，想成为一名斗牛士。

因此晚上我在女同性恋酒吧追寻想象中的某种黑暗，而炎热的午后我又进入斗牛士和斗牛场的男性世界。我坐着火车在西班牙的黄色高山间穿行，惬意地品味着一本我崇拜的美国男性作家的书。我渴望拥有他在描绘异国他乡血腥场面时的精准和透彻。那个月是我人生中一段最美好的时光。我在许许多多的矛盾中活着。我没有试图将一切整齐划一地归类、找出规律。我就那么活着。

写作练习教我们那么做。走进茫茫荒野，与它交朋友。我并不是说要变成女同性恋才能写作，或者非得变成黑人、犹太人、印第安人才能对他人抱有同情，但我们确实要有进入心灵旷野的意愿。在那里，万事万物共存，我们与动物、同性恋、鹅卵石、乡下人之间没有隔阂。写作练习将我们带到一个消融了界限的地方。

你体味到了无常。我一直写的时候，感觉就像在水上书写。我抓不住任何想法，没有哪个概念是包罗万象的。一个意象融进另一个意象。

我决定要和女人交往这件事，其实也关乎界限与跨越界限。我写作时所感受到的那种狂野，只有亲吻一个女人的那种感觉才比得上。这件事做起来很狂野，但也很健康、很普通，没什么大不了。这让我开始思考，还有什么积极、正面的事是我中产阶级的背景不允许我去做的。

在一次十二步互助会①上，我提到了狂野这个话题。一个职业是音乐家的男人说，他从小在匹兹堡长大，他父母从不允许他去黑人区。16 岁的时候，他和三个高中同学去了当地的一个爵士酒吧。那是他第一次听爵士乐。他说，他感受到了前所未有的活力和快乐。第二天早晨吃饭时，他激动地跟父母说了这件事。他们对他去了那里很是不安，又说爵士乐很糟糕。把煎蛋往嘴里送的时候，他第一次模模糊糊地意识到，他父母对世界的认知可能是错的。

有时候我让学生列清单，列出所有禁忌的主题，所有他们不敢去看、不敢去说的事情。他们列出的禁忌让人吃惊。大多数主题源自孩

---

① 治疗瘾症、强迫症及其他行为问题的组织。

提时代，都是人们生活中简单的事实：父亲的酒瘾、祖母的死、某样物品的价格、母亲的年龄、谁谁离婚了、班里的黑人、怕黑。

在和女人相处的过程中以及在女同性恋酒吧里，我找到的是身为女人更宽广的可能性。我走出了异性恋世界对男女两性的各种限制，认识到了空间，在那里我可以向四面八方伸展。我去那些酒吧，寻找自己的其他映象。当时我还不知道，这件事看上去狂野又奇异。我发现的是在规则之外做出自主选择的女人，而在当今社会当一个作家，也是在规则之外做出的选择。

写作练习将我们带回自己心灵的独特之处，并接受这份独特。我们都有疯狂野性的梦想、不切实际的幻想以及平庸无趣的想法。让我们感受其实质，不要害怕。写作仍是我知道的最疯狂的事。

昨晚我参加了一个聚会，聚会上一个男人说，他有一份他热爱的工作、一个怀着二胎的妻子、一个刚上幼儿园并似乎乐在其中的儿子，然而他每天醒来还是感到抑郁。他说，他环顾四周，心里知道他的生活堪称美好。我坐在那里，对他充满同情。这就是人生，有时候什么都没有意义。没有任何一种方式可以做到面面俱到。

我理解为什么许多作家酗酒度日或饮弹自杀。写作的时候，你不断叩击着狂野的核心，你必须准备好让这份狂野住在你体内，并不受破坏。我害怕告诉你我和女人睡了，但如果我鼓励你写出事实，自己却不愿说出事实，我算什么人呢？对我的兄弟姐妹们来说，我又算什么？最重要的是，我展现给自己的真情实感又算怎么回事？写作是一趟伟大的旅程。走上这条路，有可能让我们获得自由。而说出真相可以让这一切成真，即便你只是坐在桌旁，手在纸上移动，穿着暗色的衣服，脸上没什么表情，看上去平淡无奇，甚至有些无趣。

48 巴黎随记

昨晚和我在一起的是美国一家大公司的总裁和他的妻子。他们俩都是我的朋友。卡罗尔也在。我坚持坐地铁去海明威待过的每一家咖啡馆，每一家都喝上一杯。当时发生了多起爆炸案，朋友们不愿意坐地铁。他们非常紧张，但我还是强迫他们坐了。我们先去了精英咖啡馆。路旁的人行道上摆了长长的一排桌子，直到大街。那条街道是蒙帕纳斯大道。街对面是穹顶餐厅，再远处是多摩咖啡馆。

我在精英咖啡馆给我的朋友们讲了讲斗牛士和《午后之死》。然后他们累了，不想再跟我去别的咖啡馆。跟他们拥抱道别后，我去了丁香园咖啡馆，但我不是一个人。海明威和我一起。如果你足够爱一个作家，走进了他的书、他的心灵，那么他对你来说就是永生不灭的。我不确定我们之间需要多少语言上的交流："嗨，海姆[①]，你应该看看我上周在布鲁克林用枪射死的那只老虎。"然而，在那个僻静的所在，墓碑永恒地镌刻着时间。在那里，海明威与我彼此相识。我们的手里握着厚厚的咖啡杯，我们相对而坐，相顾无言。

---

① 海明威的缩称。

49 黑暗与光明

梵高的一幅小型画作刚刚以五千万美元的价格卖给了一位日本收藏家。梵高 37 岁去世，死的时候神志不清，身无分文。我站在巴黎奥赛博物馆门外，在雨中排了两个小时的队，只为一睹他的作品展。我的手变得冰凉。时值 3 月初。要是梵高能看见此情此景该有多好，我心想。队伍沿着长街排了很长。塞纳河就在街对面。此次展出的是梵高在巴黎居住的十年（1878—1888）。排队的时候，为了打发时间，我读起了英国作家简・里斯（Jean Rhys）的作品。里斯写穷困潦倒的女人，她们终日酗酒，迷失了自我，在伦敦、巴黎，从酒店搬到寄宿公寓。她笔下的人物跟她自己一样，沉迷于酒精，而境况并不会有所好转。里斯写的是黑暗。我对黑暗感兴趣已经有一段时间了，我一直想拥有自己的黑暗，但我不确定那是什么。

一切始于三年前的夏天，7 月初明尼阿波利斯的一个傍晚。我和凯特在第三大街和第一大道交汇处的布兰达餐厅吃饭。我们刚刚看了密西西比河上绝美的落日，她请我吃晚饭。

“你对光明和黑暗怎么看?”我一边伸手拿水杯，一边问她。

“我不知道。黑暗是什么?”她挠了挠下巴，抬起了右边眉毛。

服务员给我们端来黄油鲜虾配米饭。

“友情，是黑暗还是光明?”我反问。

她正襟危坐。“黑暗。是的，黑暗。非常可怕。”她说道。

“是的，我也这么觉得。”我说，“那爱情呢?”

“光明，”她犹豫着说，“光明和黑暗。”

“明尼苏达?”

“黑暗。非常黑暗。”

“西瓜?”

“光明。”

“死亡?”

“光明和黑暗。”

“写作？”

“黑暗。黑暗和光明。”

河流？俄罗斯？希望？寺庙？佛？风？梦？

黑暗、黑暗、黑暗、黑暗、黑暗、黑暗、黑暗。

我们越聊越多，黑暗也渐渐变了。黑暗变得既好又坏，变得精力充沛、富饶肥沃，没那么可怕，倒开始有点诱人了。

整个冬天我都泡在新墨西哥州陶斯的酒吧，想要找到黑暗，结果倍感无趣。我注意到那些喝多了的人一遍遍重复着相同的话。他们说着很精彩、很深刻的句子，比如，“死亡在每个冬天降临陶斯。”说完摇摇头。我满怀好奇，结果没有下文。他们没再说别的，只是重复同一句话。也许关于死亡、冬天和陶斯，已无其他话可说。

一天晚上，两个喝醉了的普韦布洛印第安人在酒吧动起手来，不断把彼此扔到桌上。他们打了好一会儿，直到一个女服务员鼓起勇气阻止了他们。男服务员缩到了后面。我想到了海明威、杰克·凯鲁亚克。我想到了写作之痛，又想到不写作会更痛。我想找的东西在酒吧找不到，而那里的烟味也让我受不了。

当我与简·里斯为伴站在队伍里时，我对她笔下人物的黑暗已经颇为熟悉。这是我在陶斯那些酒吧目睹过的那种冻结的黑暗，在她的笔下成了破碎的玻璃。终于轮到我付 20 法郎进去参观了。

里面有一面墙展出的是梵高的早期作品，接着是土鲁斯·罗特列克（ToulouseLautrec）[①] 的一幅画。刚开始我很困惑，我不太懂法语。后来看着看着我意识到，你要展示那一时期的梵高，就不能不展示他的朋友，那些给他启示的人。他们都住在巴黎，他们给彼此补充

① 法国后印象派画家。

能量。梵高的克利希桥油画旁边挂的就是保罗·西涅克（Paul Signac）[①] 用炭笔画的同一座桥。同一对裸体情侣画，画中的男人坐着，埃米尔·伯纳德（Emile Bernard）[②] 画的是侧面，而梵高用铅笔画的是正面。“致吾友卢西恩·毕沙罗（Lucien Pissarro）[③]”一句题在一幅画了一盘苹果的静物画上，而毕沙罗的一幅两个男人并肩坐着聊天的画是《谈话中的文森特[④]》（*Vincent in Conversation*）。再转过一个拐角，是莫奈[⑤]的一幅画，画的是溪边一棵开了花的苹果树，旁边便是梵高的《春天的小树林》（*Spring in the Woods*）。一切都是相互关联的。

我边走边想：“这期间，他一直离疯癫只有几步之遥。”一幅画画着三双鞋子，另一幅画着法国小说——献给他钟爱的法国作家。他不仅与画家有联系，与作家同样有联系。我往回走了两间屋子，重新把之前看过的画作又细细观赏了一遍。在他身上，孤独与友情并存。前两间屋子展出的巅峰之作是《花园中的女人》（*Femme dans un Jardin*）。这幅画光线充足。他精确地捕捉到了人在深草中、背后是树林、阳光洒在绿色草叶上、草叶变得半透明的画面。整幅画色彩明亮，充满光明。梵高本人为了画这幅画肯定吃透了夏天。“他懂得光明。”我将视线越过挤在一起的参观者的肩头，一遍遍对自己说。没有人说英语，只有我自己。我变成了一个画家、一个作家。我那么渴望的东西，如今终于实现了。我没有家。梵高生前没有卖出一幅画。他死的时候贫穷，疯癫，而一直以来，他心中对光线、对色彩了如明镜。

---

① 法国新印象派画家，点彩派创始人之一。

② 法国点彩派画家。

③ 法国画家，印象派大师卡米耶·毕沙罗之子。

④ 即文森特·梵高。

⑤ 法国画家，印象派代表人物和创始人之一。

“我不需要在别处寻找黑暗，在自己身上找就可以了。”我心想，“如果我尽数倾吐，我所拥有的黑暗不亚于二战时的柏林。”我们总是离毁灭一步之遥。我来欧洲前车刚被偷。再买一辆可能要花掉我所有的积蓄。我意识到除了写作，我没有别的经济来源。我能想到多少要说的呢？人们愿不愿意读呢？啊，多么贫穷的生活！如此贴近梵高的睿智和疯狂，这让我感到紧张。“我应该买健康保险。”我心想。谁知道我的肾明天会不会出问题？神志清醒？黑暗。神志不清？一样是黑暗。

展览的最后一张自画像上，梵高把自己的眼睛画成了亮绿色，连眼白都是。他已经疯了。他如此了解光明，却以黑暗告终。我离开了奥赛博物馆。外面天很阴。我沿着拉斯帕伊大道走到了蒙帕纳斯公墓。我需要安静。我需要坐在一位已故诗人的墓旁。我觉得那会对我有所帮助。时间是下午 3 点 50 分。我有 40 分钟的时间去寻找一位已故的诗人。墓地 4 点半关门。我在 15 区晃悠了半天，寻找罗伯特·德斯诺（Robert Desnos）①。这些墓碑之间离得很近，很多已经非常陈旧。墓地的围墙正对着高层公寓，生者可以从高处俯视亡者。我找不到罗伯特·德斯诺。只要找到一位已故的诗人就行，我心想。我可以坐在他的墓旁。

我无意中找到了让-保罗·萨特（Jean-Paul Sartre）和西蒙·德·波伏娃（Simone de Beauvoir）。他们二人不曾结婚，却葬在了一起。我在他们墓旁的绿色长凳上坐了下来。我放了一个小石块在他们的墓上。这是我在以色列学会的，表示我来拜访过了。我就坐在那里。说什么呢？沉默。无言。西蒙·德·波伏娃一生中很大一部分时间都住在蒙帕纳斯公墓对面的公寓里。后来，她被葬在了这里。我听

---

① 法国超现实主义诗人，代表作有《海星》。

说在 20 世纪 50 年代她和萨特每天早上都花两个小时在双叟咖啡馆写作，我每次去巴黎都到那里写作。

最后，我开口对墓中的西蒙·德·波伏娃说话。“西蒙，”我大声说道，“我经常给学生们引用《第二性》（*The Second Sex*）① 里的句子。”然后我背给她听：“‘要想成为艺术家，必须扎根于社会。’”

那晚，我躺在酒店的床上。“我刚满四十，”我对自己说，“等你五十岁的时候，你想要什么？”

我丝毫没有犹豫，立刻答道：“我想爱一个人，在乎一个人。”

“不是写书？不是成名？不是富有？”我问。

“那些也很好。但我最想要的是爱一个人、在乎一个人。”我答道。

试一试

写你曾经路过的小镇或城市，或者你待过不到一周的地方。

写一次自驾旅行：开始。写火车：开始。写你待过的一家酒店：开始。编 20 个你自己的旅行话题。从不同维度探索你的旅行。

---

① 西蒙·德·波伏娃的社会学著作。

50 管弦乐

20 世纪 70 年代末，我在明尼阿波利斯的公立学校教阅读。我教的是九年级学生，阅读水平却只相当于二年级。这是一个特殊的联邦资助项目，所以教师和学生是一对一教学。整整一个小时我就辅导一个学生。我们坐在一起，大声朗读一些简单的故事，大多讲的是摩托车比赛、伟大的篮球运动员之类。我们也仔细温习了这些故事经常使用的一些简单词汇——“他们”“甚至”“因为”“车轮”“摩托”——我们还背诵认词卡上的辅音、元音、复辅音。

12 月的一天，我们费了半小时的劲终于读完一页后，菲利普转过头看着我，摇了摇头说道：“戈德堡老师，你可真有耐心啊。你怎么能听我读那么久？”

我微笑着告诉他：“我想帮助你。”

这是真话，但还有别的原因。我是一个作家，此前我从来没有机会花那么多精力去关注单词。俯身在菲利普的肩膀上方，跟他一起读，我体会到元音如何承载气息并利用气息发出各种声音。A—E—I—O—U，有时还有 Y。我和菲利普经常一个一个地慢慢发这些元音，感觉就像是萨克斯吹出的重复乐段。我感到我的肺像是风笛，呼吸也是一种乐器。

我也感受到了辅音。它们切断了气息。它们标志着停顿以及停顿所发出的声音。比如，字母 t 比 th 的发音要短促，后者以更温和的方式切断气息。我将每个词当作一个音乐实体，将每个完整的句子当作一张乐谱。我们读单词的时候便是在谱乐。读“balloon”（气球）这个词时，我在声音的世界里徜徉。这个词一会儿膨胀，一会儿收缩，带着迷幻色彩。

按照这个思路，我也注意到了标点。句号对菲利普来说是一个重锚，每碰到一个，他都停下来休息一下。标点很重要，它标志着思想的开始和结束。

“如果标点关乎思想，”我想，“那么为了标标点，我们有必要了解我们的心灵，知道我们在想什么，一个想法何时结束，另一个想法何时开始。我们必须了解思想的旅程，了解思想是如何在我们头脑中运作的。”

一天，我坐在教室里，窗台上有一株开着花的天竺葵。这次，俯身在克拉丽莎的肩膀上方，我意识到：“天啊，要写出一个好句子，我们得成为禅师，得了解我们的心灵。”

我继而想到小学老师总是教我们在一连串单词之间加逗号，我好奇他们是否知道这件事有着多么深刻的内涵，蕴含着多么善意的考量。“我在商店买了腊肠、果酱、口香糖、剪刀和笔记本。”顿号让我们在每件商品后停顿一下，为每样事物的尊严留出一点时间。“腊肠”——一整件物品、一个完整的想法、一个直观的画面。是的。接着“口香糖”，后面也有一个顿号。停下来，感受它切实的存在。

了解元音、辅音和标点的分量和重要性，使我们在处理写作中的气息和想法时更有机动性。我们可以很流畅地写一个很长的句子，然后砰的一声停下来，紧接着写一句短促的话，就像是水獭突然从水下伸出脑袋。我们可以像长号的滑管一般，任意操弄气息和思想的长度。

《午后之死》中，有两页海明威一直用长句写西班牙的天气，写他在君士坦丁堡打仗，然后就像是在高速公路上来了个 180°快速转弯，没给任何预警，没有另起一段，他做了个简单评价：“看日出是件美好的事。”没有华丽的辞藻。砰！是的，看日出是件美好的事。在动作进行的过程中，我们停了下来，看到了别的东西，而这不仅仅是通过海明威的用词传达出来的，也是通过他的气息和句子的长短传达出来的。

语言并不只是在词义层面运作。面对现实吧：the 到底是什么意思？at 和 as 呢？一个句子里经常有一些词是没有画面感也没有具体意思的。语言还通过音乐、声音、气息和结构在梦境、潜意识层面运作。作为作家，我们应该意识到这一点，并加以利用。

和米里亚姆驾车沿着米多路穿过玛莎葡萄园岛的中心，我告诉她我想去巴黎待一年。她坐在驾驶座上——这是不常见的。她的视线从方向盘转向我："你法语那么差。好吧，说真的，你学了多长时间法语？高中学了两年？"

"不是，"我说，"从六年级到十二年级，每年都学。大学又学了四个学期。"我笑了，"不过每年我学的都只是动词'是'的变位。"

接着我给她背法语的"我是""你是""她和他是"，等等。我甚至混淆了几个词，我们俩都大笑了起来。

如今回想起来，深入了解动词"是"也不是多么费力的事情。了解了这个词，也就了解了声音、元音、辅音以及一个重要动词在另一种语言里是如何构成的。我可以站在里沃利街上"存在着"。我可以一遍遍地重复"我是，我是"。我会熟知两个法语单词：一个名词、一个动词。"我是……"这是很好的基础。不久，我就能造个句子，把这个词扩展成一个完整的想法："我是一匹马"。我可以通过思考让我的意识延伸，进入动物的意识。我做这一切用的是另一种语言，是在另一个国家，脚边是成群的鸽子，头上是高高的灰色石板瓦屋顶。我可以谱一曲全新的管弦乐，句首字母大写，表示突击："我是一匹马！"

第二天早晨，仍然对语言兴奋不已的我来到洒满阳光的甲板上，翻开我正在读的小说——路易斯·厄德里奇（Louise Erdrich）① 的《甜菜女王》（*The Beet Queen*）。每个词都包罗万象，铿锵有力。我听

---

① 美国当代作家，代表作有《爱药》《踩影游戏》《鸽灾》。

到了钹声和鼓声。“自从他们带着满是虫子的蛋糕和辣香肠来了之后，我就养成了在楼下台球桌上睡觉的习惯。”这是我在开始章节中读到的第一句话。这句话让我欲罢不能。待读完整段，我整个人虚脱了。这一段包含了太多内容：单词、气息、思想、句号、逗号。这还是用我可以理解的英语写的。仅仅一页，就藏着整个丛林的野兽，它们正在喘息。

试一试

列一张表，列出一些你特别喜欢的词。你知不知道这个词的意思没关系。你喜不喜欢这个词的意思也没关系。比如说，我喜欢“黄瓜”这个词，但我不一定喜欢吃黄瓜。我喜欢“贪食症”这个词，尽管我并不想大吃一顿，然后跑到卫生间去吐。

感受你写下的每个词的尊严和完整。将它们记在你的笔记本里，时不时往里面加几个词。给朋友读一读。慢慢地读，感受那些词。你可能每天都想大声读一遍，为写作做准备。如果你和朋友面对面写作，轮流给对方朗读自己的词汇表，然后再开始写。写的内容不一定要与词汇表相关。这只是一种直面词汇、认识词汇价值、放慢自身脚步的方法。

再列一张表，列出你总是在用却不以为然的普通词汇：“这/那”“当”“是”“怎么”“你”“曾经”。感受它们的尊严。大声朗读。让这些词渗入你的心灵，而不只是把它们串在一起。词是写作的基本构件。直面所有的词，与所有的词共存。

米里亚姆小时候患有阅读障碍，词汇对她来说艰深难懂，她无法理解其中的意思。她看到每个词，就像看到了从未见过的动物。看到每个词，她都要停一下。通常我们读一段话，读的是意思，是故事，并不会去关注单个的词。而对患有阅读障碍的米里亚姆来说，每个词都是一个独立的实体。

她四年级的时候学会了阅读，后来还成为一名诗人。说真的，诗人就是这样一个热爱词语本身并能看到词语魔力的人："香草""羊角面包""桑葚""顺势疗法""火化""无知""伊西斯""附加""因而""也不""尸僵"。感受词的力量，就像原子是人体和树木的基本单位一样，词是句子的最小组成单位。

审视词语，从内心感受它们的尊严，就像感受呼吸和心跳，这么做大有裨益。

51 常驻诗人

1979年，我在明尼阿波利斯的安德森小学当常驻诗人。那是我有生以来最喜欢的几份工作之一。小学很大，地处市中心，有三种课堂。传统课堂：学生排排坐，举手提问，排队上厕所。开放课堂：四名教师，在开阔的室外空间开设不同的学习站，一百来号学生从一个学习站走到另一个学习站。还有第三种课堂，我怎么也想不出它是什么形式，但我确实教过。

整个学年，我每周在安德森待三天。学校里有很多印第安孩子、黑人孩子，也有一些白人孩子。各种族的孩子搭乘公共汽车来到这里，待在一起。我的工资由联邦拨款。办学理念是，学业不佳的孩子可以在艺术领域有所成就，由此获得自信。这样，当他们搭乘公共汽车从城市的另一边来到这里后，可以不那么狂躁易怒。

第一天上课，是开放课堂，我走进艾伦（我们称呼老师都是直呼其名）那一群五、六年级的学生中，让他们写自己喜欢的某个地方。丽诺尔写的是明尼苏达北部的齐佩瓦族保护区，她的阿姨住在那儿。“我记得有一天天气很冷，我阿姨走了出去，对着一棵棵树又是吻又是抱。”

我自己就是个老傻瓜，因此听到丽诺尔读的内容，我疯魔了。“丽诺尔，这首诗真美。我喜欢你阿姨。再读一遍吧，我想再听一次。”

丽诺尔又读了一遍。第二遍我还是一样喜欢。一个小时的课结束了，离开的时候，我想丽诺尔肯定是优等生。

我走的时候，艾伦拉住我说：“你一定搞错了。丽诺尔是班上表现最差的学生。她是个麻烦精。”

我怀疑地看着她，摇了摇头：“她是一个很棒的诗人。”说完便离开了。

中午在教务室吃饭时，我听到三个老师聚在一起窃笑。我走过去，和他们坐在一起。

山姆说："我听说了你那个很棒的诗人。"他摇摇头，"丽诺尔的阿姨肯定是喝醉了，所以才会去亲吻树。"

"相信我，"我说，"丽诺尔会写作。"

丽诺尔用行动证明了我是对的。她写了一周的诗，等我周二再去他们组时，她拿给我看。短短几个月，她就发生了转变，从麻烦精变成了班级诗人。

鲁道夫教的是三年级的学生，是一个传统课堂。我到那儿三个月后，鲁道夫把我叫到一边。"欧尼和伦巴德打起来了，我不得不出面阻止。两个人打得不可开交。我站到中间，拉开他俩，问他们：'嘿，小伙子们，为什么打架？'"

"伦巴德指着欧尼向我控诉：'鲁道夫先生，欧尼说我不是诗人。每个人只要想成为诗人，就是诗人，不是吗？纳塔莉是这么说的。'"

"好吧，我们刚刚创造了历史，"我对鲁道夫说，"这可能是美国历史上第一次有人在公立学校的下课时间为了诗歌打架。"

那天，伦巴德写了一首很妙的诗。这孩子个子很矮，但他对着全班朗诵时，却显得那么高大。那首诗我至今铭记于心：

> 鸡和车
> 不肯走
> 合起来是芝加哥①
> 闻起来很香

我对他竖起了大拇指，"嘿，这真是一首不错的短诗。你知道，艾伦·金斯伯格说过：'写一行伟大的诗句，你会一夜成名。写一首长诗但品质不佳，你会让读者睡着！'"

---

① 英文是 Chicago，这里是 chicken 和 car 两个词缩写后和 go 拼在一起。

伦巴德说，他最好再大声读一遍，因为这首诗很短。我说：“读吧。”

到了年底，我和鲁道夫班上的学生举行了一个仪式。我们都写了诗献给冬末。我们收集冬天的残迹——湿了的老树叶、细小的枯树枝——和诗一起放进塑料袋。然后我给每个人发了巧时水滴巧克力。我们所有人必须在同一时刻把巧克力放到舌头上，否则仪式不会奏效。我们闭上眼睛，口中念道：“告别寒冷。”然后我们把塑料袋绑在气球上，拎到外面。数到三，全班一起放。气球立刻升起，起飞。孩子们疯了似的追着气球跑，一直追到操场尽头。他们声嘶力竭地大叫。事实上，我也一样，鲁道夫也一样。

我跟你说这些，是因为请作家常驻学校是有效果的。我从未教过那些孩子所谓的儿童文学。市面上是有一些优秀的儿童文学作品，但更多的是以居高临下的姿态俯视孩子。孩子们想要的是真材实料。我教给他们的是威廉·卡洛斯·威廉姆斯（William Carlos Williams）①、理查德·雨果（Richard Hugo）②，以及 D.H. 劳伦斯（D. H. Lawrence）③ 的诗作《白马》（*The White Horse*）。我给他们看同龄人的作品，让他们觉得自己也能做到。我直截了当地与他们对话，告诉他们我喜欢什么，以及我是如何成为作家的。孩子们很聪明。他们能够毫无障碍地理解。我带了一本 R. H. 布莱斯的日本俳句秋季卷，给他们大声朗读俳句大师松尾芭蕉、正冈子规、小林一茶、与谢芜村的名句。

“你们感觉到飞跃了吗？”我问。

---

① 美国诗人，代表作有《佩特森》《地狱里的科拉琴》《酸葡萄》。

② 美国诗人，代表作有《三十一封信和十三个梦》《你所深爱的，仍属于美国》。

③ 英国小说家、批评家、诗人，代表作有《儿子与情人》《虹》《恋爱中的女人》《查泰莱夫人的情人》。

是的。他们点头。

我不仅给他们读名家名作，还给他们讲这些作家的生平，于是这些作家变成了鲜活的人。我上学的时候，没有人给我们介绍作家。对作家本人的了解，可以吸引人去关注其作品。二者是相通的。

我还记得我九年级的老师迪·弗朗切斯科先生。他教的是美国历史。那课实在太无聊了！但是有一天，他在黑板上写着历史年代，写着写着突然转过身，对我们说："明天我不来了。这周末我结婚。"他摇了摇头，"我的天，结婚要做的事可真多啊！"

坐在第一排第二个座位上的我一下子就醒了。迪·弗朗切斯科先生是一个人！他也有生活。一整年的美国历史课我记得的只有那一个瞬间，不是哥伦布，不是瓦斯科·达伽马，而是迪·弗朗切斯科先生。他要结婚了，结婚是件麻烦事，那一刻他揭晓了这一点。那个班里，每个人都渴望与人接触。当那一刻终于来临时，所有人都醒了。接着，迪·弗朗切斯科先生又转过身去背对着我们，在黑板上写下1492，我们再次迷失在忘却的历史中。

我给安德森小学的孩子们展示了写作是与他们的生活密切相关的。我给他们展示写作与我的生活有何关系，以及写作对我来说意义何在。文学就这么鲜活起来。观察听演讲的听众。如果演讲者言辞抽象，心不在焉，听众的思想会受到影响，会跟着游离。如果演讲者说的都是第一手细节，又对演讲材料有切身体会，那么听众就会时刻关注，瞬间进入状态。每个人的思想都有着同样的运作原理。教师有活力，课堂才有活力。

作为作家，理解这一点也很重要。如果你语焉不详，含混不清，心不在焉，你就会失去读者。我们喜欢细节，喜欢与私人相关的东西，喜欢故事。教孩子们知识，让他们听懂我的讲解，对我的写作很有帮助。我必须放慢速度，给出具体事例，说出事实。孩子可以考验你的真实性。他们对你的理念不感兴趣。他们要的是肉，是髓，是骨。教学就是练习做到真实。

试一试

去吧，去吻一棵树。走出大门，张开双臂抱住路边那棵你每天都会经过的树，噘起嘴亲它一口。

闭上眼睛，放一颗水滴巧克力（或一颗草莓、杏仁，总之是健康又诱人的食物）在嘴里。用舌尖去感受，去幻想。

现在开始写。想写什么就写什么。吻树很愚蠢？什么不愚蠢呢？写作是最愚蠢的。如果你能凭着那股蠢劲写作，你就已经上道了。

52 细节

我在陶斯邮政局的信箱里积了一堆邮件。我一周都没去取了。里面有一个很大的马尼拉纸信封。有个学生非常好心，送了我一本杰拉尔德·斯特恩（Gerald Stern）[①] 的诗集《相思》（*Lovesick*，哈珀和罗出版社，1987）。封面以黑白为主色，有些许红色。封面是大卫·霍克尼（David Hockney）[②] 的蚀刻版画，画的是一个人骑着一个烹饪勺。

我把书带到购物广场的花园餐厅，点了……好吧，我实话实说……点了培根、法式长条面包，还有一杯可乐。我打开书，读到该书最后一首诗《台阶》（*Steps*）。读着读着，整个世界变得开阔了。我感受到了空间的广阔。我的牙齿开开心心地长在牙床上，膝盖在腿上休憩，连脚趾头也有自己的地盘。一首诗怎么会有这样的奇效？“又是诗歌。”我心想。那种古老原始的对忧与无忧的呼唤，辞藻从喉间滑落到纸页上。

杰拉尔德·斯特恩的诗讲的是台阶，讲到石阶如何从中间磨损，木阶如何断裂。由此我想到各种台阶：第五大道纽约图书馆的台阶、巴黎圣母院古老的石阶。

是的，我想，是的。

我总能见到这些台阶，但有谁想过要去写它们？杰拉尔德·斯特恩替我们做了这件事，给世界增添了几许生动，也让我多了几分清醒。

威廉·卡洛斯·威廉姆斯写过一首诗，写他站在厨房的水龙头边，等水变清。你知道城市自来水有时候会流出泛黄的锈水，等锈水流干净，水才会清澈。我也这么做过，但从未深思过，直到读到威廉姆斯的诗。

---

① 美国诗人、散文家、教育家。

② 美籍英国画家、摄影家。

诗歌是个傻佛陀，认为驴和钻石同等重要。诗歌练习对其他所有写作都有好处，它将我们带回当下，让我们安于内心，保持清醒。

20 世纪建筑家密斯·凡·德·罗曾经说，上帝藏于细节中。作为作家，待在细节的坑里很重要，不要因为害怕就跳出来。否定、压抑等童年时期形成的所有心理调适都不过是千方百计地想逃离这个坑，因为待在里面实在太痛苦。写作要求我们单刀直入、脚踏实地，像一只猫抓着十层楼顶的水泥墙面，待在原地环顾四周，不因艰难而放弃。就是这样，就在此地，不管来的是什么，迎难而上。

摇头丸、致幻剂、佩奥特仙人球这类常见毒品的作用只不过是让你直面此时此刻。“哇哦，看那个盐瓶。”你把手伸到桌子另一边，拿起盐瓶，注意到了瓶中的颗粒，你摇出一些倒在手上，放到舌头上尝一尝。其实，当你沉浸在写作中时，效果也是一样。即使你写的是 30 年前的事，你也切切实实身在其中。做到这一点靠的是细节。想想看，生活不是抽象的，生活不好也不坏。生活就是生活。“女孩不是诗。”是我们的心灵做出了这一判断。女孩唇红齿白，鼻子上的雀斑仿佛用刷子刷上去的，眼睛让人想到紫丁香，她刚刚挑了一下右眉。读者站在几步之外，夸赞这女孩漂亮。而作者专注于眼睛、嘴唇、下巴这些细节，不做任何判断。

我又回到花园餐厅。我的木桌上有两个高高的玻璃盐瓶和胡椒瓶，一个装满白色糖包的陶瓷碗。白色碟子里放了三小块黄油，而我最心爱的笔，也就是普韦布洛跑步者协会慷慨解囊免费发放的那支笔，正躺在桌上，笔尖指着白色大餐盘，餐盘里只剩下一片法式面包、一片生菜和躺在生菜上的一片西红柿。这些都是一手细节。这就是桌上现有的。如果你能对此时此刻的细节做到了如指掌，你便有能力去移花接木。“哈尔坐在牛排馆等萨尔。服务员匆匆地走了过去，手里端着白色餐盘，餐盘里盛着一个生菜汉堡，汉堡旁边有一片西红柿。生菜和西红柿离盘子边缘很近，眼看就要掉下来，却没掉，这要归功于这位红头发服务员优雅娴熟的技术。”看吧，还是那片生菜和西红柿，只不过嫁接到了你的故事里。在你就餐（或写作）的餐厅看过一次，这细节就是你的了。你可以随心所欲地处理这个自带真实光环的细节。

而其他所有美好事物的发生，总是伴随着原始细节。某个班上有学生写道：“我第一个男朋友长得很英俊，但少了三根手指头，身上有一股腊肠味儿，因为他家楼下是一个肉铺。我第二个男朋友身上也有一股腊肠味儿，但他家附近没有肉铺。”这就有了一个谜，是原始细节带来的。写下现实细节，肉铺，支撑非现实细节，没有肉铺，但有相同的味道。一件让你百思不得其解之事就这样出现了。这就是细节并置的力量。

专注于现实，一切非现实都源自现实。趴在眼前这张木桌上，我可以构建出一个完整的世界。

试一试

好，坐在原地别动。环顾四周，花四分钟时间描述一下。我所说的描述，不是指“一张做工考究的桌子上摆着一块漂亮的小桌垫”。“做工考究”和“漂亮”是你的观点。只给出原始细节就好。“红色富美家牌桌子上摆着一块白色小桌垫。刚刚走过去一个穿着齐膝长袜的女人。女人的嘴上角长了一颗痣，长辫子的辫梢在皮带上扫来扫去。”

现在想一个你认识的人，这个人没在餐厅，想象此人走进餐厅，坐下来吃午餐。说说这个人：他点了什么菜，小口喝水时心里在想什么，从哪儿来，如何咀嚼和吞咽。靠近一点，用你的心灵之眼观察这个并没有在餐厅的人。

从想象中抽身，形容一下餐厅窗外的天空，说说外面都有什么车经过。

再快速回到你的人物身上。他咳得厉害。帮助他或者任由他咳到窒息。只管让故事展开，但要保证立足于你所知之事、所处之地。

你当然可以在陶斯写布鲁克林，但要保持原始细节的鲜活，让真实细节与你的心灵相互交织。我们得让心灵脚踏实地，否则就如我们知道的那样，它会飞向太空。

试一试

在纸上随手写下你所知道的一条河的名字，以及一种颜色、一座城市、一条街道、一种水果、一个月份、一份工作，列一份清单。

然后开始十分钟限时写作，说一说你第一次约会的情形，写的时候注意在适当的地方用到上面列出的清单。一边写一边从清单里抓取几个词即可。

这练习很有用，可以迫使你放弃平时的写作套路。我们大多数人很久之前就知道第一次约会是怎么回事。但是突然间，我们聊这话题时需要加上伦敦、石榴、蓝色、密西西比河、4 月、埃尔伍德大道、木工活这些元素。话题一下子变得生动活泼、富有层次起来，穿过多愁与怀旧，变得明亮、崭新、干净，还很有趣。

还有一项练习也很好，就是列一些你害怕的事物，在写你喜爱的某样事物时加进去几个。这样做可以让你的写作符合现实，而不会给人盲目乐观之感。也让你喜爱的这样事物变得富有层次，因为你加入了两种相反的情感。同时，将它与你害怕的事物放在一起，这会强化你所喜爱的事物。

53 争取权利

你需要争取陈述抽象之事的权利。争取这项权利，靠的是实打实的细节。摆出足够的原始细节后，你可以跳跃一小步，走开一点，做一个陈述："啊，是的，生活很美好"或者"生活糟透了"。但在说"生活糟透了"之前，你必须给我们一个画面：一个男人躺在臭水沟里，身上有多处疮口，蚊子在疮口处吸血，右脚上的鞋舌伸在外面，口袋翻了出来。他木然地闭着眼睛，皮肤呈蜡黄色。

我给陶斯的一个写作小组讲抽象陈述时，班上一个名叫朱迪的作家发出了欢呼的尖叫。"哦，我懂了！36 条细节等于一条宏观陈述。我们可以玩一个类似于大富翁的游戏。细节卡片：'鞋子''口香糖''马''脚趾甲'。概述卡片：'我讨厌你''上帝是爱''真即是美'。这是一个完全符合圣菲特色的游戏。在做出有理有据的陈述之前，人们只能闭嘴。"

然而有时候，抽象陈述并不抽象，是实实在在的想法。它们源于你的心灵深处，有着自己的具体性，是你在写作过程中发现的。它们既不模糊，也不含混。这类陈述如岩石般坚固，即使不能带来画面感。它们是真实的，有着自己的气节。好的哲学应该以它们为基础，好的宗教也是。此刻我想不到什么例子，但当你写作的时候，当你与它们产生联系的时候，你就能知道，你的身体就能感受到。它们回荡在你的整个身心周围。它们如面包一般实实在在，像好的故事一样能够抓住读者的注意力。

试一试

列出五个抽象陈述，可以自己列，也可以和同伴一起。再列几个简单的，如"谢谢""对不起"。针对每个陈述至少写一段话，给出实在的、具体的细节。甚至可以像朱迪建议的那样，写出 36 条细节。这里，已经提供给你抽象陈述了。

现在反过来，详细描述一个情境，然后迈向宏观陈述。

这里存在很多可能性，好好玩吧。

54 拖延与等待

拖延和等待是有差别的。拖延是指把写作放在一边或者延后，认为明天才是最佳时机，将生命力拒之门外。不要拖延，现在就写。

等待是浓烈的。也许用“等待”这个词并不合适。更贴切的词是“孕育”。你已经为某件事做了一段时间的努力。你为此激动不已，甚至感到幸福，但你很睿智地往后退了一步。你出去散步，但散步不是为了逃避伏案写作。这次散步从头到尾都与写作相关，包括沿途的一草一木、河流、天空。你让写作影响着你。

拖延是一种切断，会消耗你。

等待是你的工作已经在进行，你给予其养分，也从中获取养分，如此你便可信任等待。

不要拿“等待”好的想法、故事当借口，从而迟迟不肯开始。这是拖延。开始写吧。

你要知晓二者的不同。不要欺骗自己。你要坚韧，像草叶一般坚韧：根基牢固，能屈能伸，与周围的事物和平共处。

55 动词的使用

动词的力量让我惊奇。它们承载着句子的能量。它们是动作，是情节。想象一下没有动词的句子：薇薇安轮胎架子上；菲多一块羊排。动词是点亮暗夜的星辰：薇薇安把轮胎放到架子上；菲多狼吞虎咽地吃了一块羊排。动词是句子运行的关节，就像是连接大臂和小臂的手肘。

我刚开始写小说时，在动词上耗费了大量时间。我要将人物放到特定的时间里，首先得知道是什么样的时间。我决定尽可能简化对动词的修饰，做到直接、明了。我尽可能用现在时，哪怕是简单的过去现在时。这样做让写作变得鲜活，控制住了迷失在“曾经去过”（had been gone）、“过去曾经去过”（having had been gone）、“将会去”（would be gone）等时态中的心猿意马，只简单地陈述“她去了”（she went）。我发现比起“她之前一直病着”（she had been sick），“她病了”（she was sick）能更好地推进动作。我坚持用简单的动词，越简单越好。“内尔要去商店，好避开她的母亲。”（Nell would go to the store，so she would avoid her mother.）这里用条件式会导致动作离我们而去。用“would be”（要）可以指永久、持续地进行，是一种笼统的说法。没有什么是永久的，不如抓住某一瞬间，一个强烈的瞬间会让读者记在心里很久。试一试“内尔去了商店。她避开了她母亲。”（Nell went to the store. She avoided her mother.）这简单多了。

改变动词时态可以改变整篇文章的语气。一个朋友请我读她的手稿。在某段的空白处，我写了一个“哇哦!”我的意思是，“你这是直刺你父亲的咽喉。”我们通读整篇时，我问她是不是真的要维持原样。我觉得她很勇敢，甚至有点过头。

她的第一版是这样的：“演出后和我父亲在一起，对我而言并非乐事。谈话会（would be）一直围绕棒球比赛、他计划中的印度之行、美联航的飞行常客奖励里程。你会仿佛（It would be as if）觉得演出从未发生过，而我也并不存在。”①

我喜欢里面的原始细节，但着重强调的两个动词（would be）有一种指责的意味，让我觉得不舒服。我建议她把条件式的“would be”改成简单过去式的“was”。不妨看看改后的版本读起来是否轻松：“演出后和我父亲在一起，对我而言并非乐事。谈的都是（was）棒球比赛、他计划中的印度之行、美联航的飞行常客奖励里程。仿佛（It was as if）演出从未发生过，而我也并不存在。”②

你能感受到差别吗？父亲的形象并没有永远固定在那个动作里，作者也得到了解脱，可以看清那一特定时刻的父亲，学会与他相处。作者没有被偏见套住。心中愤怒的时候，最好坚守原始细节，这样当愤怒平息后，作品还能保持洞见和尊严。简单还原事情的经过，道出真相。

---

① 英文原句为：Being with my father after my performance was not a way to care for myself. The talk *would be* about baseball games, his next visit to Inida, frequent-flyer miles on United. It *would be* as if the performance had never happened and I was not persent.

② Being with my father after my performance was not a way to care for myself. The talk *was* about baseball games, his next visit to India, frequent-flyer miles on United. It *was* as if the performance had never happened and I was not present.

56 鲸

三年半前8月的一个下午，我在粉土墙酒吧写小说。我坐在窗边一张小木桌旁，小口地喝着一瓶矿泉水，告诉服务生我不想要咸爆米花。我伏在笔记本上写作。我写的是台地上的火葬。窗外的向日葵长得很高。

上个周六晚上，我又去了粉土墙酒吧，和玛格丽特一起，庆祝小说完工，同时也告别这本小说，开始新的生活。

玛格丽特对我说："你知道吗？你回到新墨西哥的时候，我心中可以说是愁肠百转。几年前我们的第一本诗集差不多同时出版，你在明尼苏达，我在新墨西哥。但我的诗集籍籍无名，没起半点波澜，也没有改变这个世界。我认为这是一个信号。我想要做一点事情，于是我做了一名荣格心理分析师。你满腔热情地回到新墨西哥，就好像诗歌有着非凡的意义。"

"是啊，其实在明尼苏达，人们对于写作一直争论不休。我要是在那里起步，很可能也要做心理咨询师。"我告诉她说。

事实上，在明尼苏达待了六年后回到新墨西哥，我的写作却真正有了起色。因为在明尼苏达没有那些一直提醒我我是作家的研讨会、资助金和写作班，唯一证明我是作家的只有写作行为本身。我害怕自己不再是作家，于是一直不停地写。

小说写完后，我乘飞机到墨西哥的拉巴斯，上了一条船，花了一周的时间追逐蓝鲸。它们是地球上有史以来最大的动物。它们的心脏相当于一辆大众甲壳虫，体重达百吨，而大象一般只有六吨重。它们的雄性生殖器长达9～12英尺。

某天晚上，船上的海洋生物学家讲完课后，我沉默了，然后我举手惊奇地问道："您是说它们一生都在游泳吗？"周围的人哄堂大笑。我问了一个显而易见的问题。他们不知道，我是想凭直觉感知蓝鲸的梦，这个梦的名字叫"生活"。

我现在意识到了我为什么要去看鲸鱼。小说是一个庞大的梦，犹如鲸鱼。你得潜入心灵的黑暗水域，长时间待在那里。写完小说后，我想向蓝鲸点头致意，告诉它们："我也去过那里，我懂。"

诗歌相对而言容易一些，我已经写了 13 年。我可以潜入水里，再浮出水面。而写小说得一直待在水底。我得讲一个故事，这次写的内容和下次要有联系。我必须失去自我，放弃意愿和控制，让故事经由我畅行无阻。我必须做到无我。

我禅修的这些年，有一处障碍是我迈不过的，我对其心存畏惧，敬而远之，那便是心无杂念。唯有呼吸，双腿交叉，双手放在膝盖上，坐着冥想，一坐就是好几个小时。我害怕那种无事发生的无我状态。我认为，只有当我创造活动、宇宙、梦境时，我才算真正存在着。在小说里，作者不存在了。他将生命交给了人物，让人物经他之口说话。我们不习惯这种无我状态。它让我们心生恐惧。

这和接受心理辅导的经历很相似。突然之间没什么可讨论的了，而你意识到了这一点。"啊哦，房间里只有我和我对面的心理医生。"你因此紧张起来，突兀地说道："对了，我忘了跟你说我母亲裙子的事了。"我们随口编些话，只为缓解面对面坐着的尴尬。

我一心想把这一切讲给玛格丽特听，于是一激动就点了份羊排晚餐，尽管时间已经是晚上九点半，而我也已经吃过晚餐了。

玛格丽特说："我有份收入可观的心理咨询工作，而我意识到我必须写作。我不能再逃避了。"

我笑了。"有时候，我们在全情投入某件事之前会绕些圈子。我认识好几个想当作家的女心理医生。这不怪你。也许我将来也会成为一名心理医生。至少还有另一个活生生的人会接你的话，与你交谈。"我笑着说，"我直接做弗洛伊德精神分析。每个人都有俄狄浦斯情结。"

玛格丽特说，她不敢给人看她已经着手写的东西。她怕暴露她的真实想法和感受。

我告诉玛格丽特："每个人写第一本书的时候都会害怕。"我顿了一下，又说："第二本、第三本、第四本……也是一样。"

问题在于没有人能告诉你，作家这趟旅程应该怎么走，每个人在这条路上都是孤独的。话虽如此，能听到他人对旅途的描述总是好的，能让我们知道别人走过这条路。作为作家，我们应该为自己选的路正名。然而很多作家表现得苦大仇深，像是深受写作折磨，痛苦不堪。实际上，我们是伟大的战士，在通往真理的途中披荆斩棘。我们在为社会消化经验。

《香蕉玫瑰》临近完结的最后一个月，我每天都感到愤怒。我不理解为什么，我本应该高兴才是。

我打电话给凯特说了这件事。

她说："哦，是了，你的小说要完结了。我那两部小说写到结尾时，我也是每天都很暴躁。"

她没有解释这愤怒是怎么一回事，但得知她有过同样的经历，对我来说就是一种帮助。随便自己怎么生气发疯，我都不再理会，只是坚持写。

愤怒是一种情绪，需要转化。愤怒的力量促使我前行。但我觉得这愤怒也开启了我的悲伤。现在我去街边小店买薯片，就只剩下动作行为本身：拿着包，换着零钱，听着收银机哐当作响。而小说还未完结时，我的人物都成了我的亲人，他们与我同在。也许下一章，安娜要去买薯片？写小说时，我简单的小世界在回响：我与我体内的其他灵魂心意相通。小说写完后，又只剩下一个我，孤独地活在这个世界上。我所珍惜的一种生活，小说的生活，结束了。

57 笔耕不辍

我以为写完《香蕉玫瑰》我会如释重负。恰恰相反，我在圣菲四处游荡，内心怅惘，我想念小说的主人公内尔・施瓦茨，非常想念。我意识到，和我关系最亲密的竟然是个现实中不存在的人，现在这个人走了。这感觉就像我背着亲爱的内尔，连背带拖地在喜马拉雅山走了 20 年，途中每周只能吃一次面包，没鞋子穿，只穿一件很薄的棉卫衣，没有指南针，历经千辛万苦，终于将她安全带到目的地，我只挥挥手说了声“再见”，她就从我的生命里彻底消失了。

一天早晨，我醒来之后想：“等一下！你什么时候决定当作家的？我觉得你从来没想清楚过这个问题。你爱的人物都离开了你！我要去做一些职业咨询。也许当作家不是最好的决策。毕竟，我现在年纪也大了，我没考虑过退休、社保、休假福利，甚至没考虑过我的人生！我是怎么走到这一步的？”

大约十年前，我知道我有两个选择：要么当禅师，要么当作家。我选择了当作家。我以为那会容易一些。那时，我一本小说都没写过。现在，我想站在写作班上，高举着双手呐喊：“听着，能走就走吧。跑起来，到了终点你就会得到补偿。”“我要通过这种方式拯救世界，”我心想，“然后我就去当一名计算机程序员，或者去堪萨斯的咖啡馆做一名快餐厨师。”

两年前，我和几个老朋友在明尼阿波利斯聚餐。我坐在桌首。我的两旁坐着两位女性作家，她们都刚刚出版了自己的第一本小说。帕特・弗朗西斯科写《临阵退缩》（*Cold Feet*，西蒙与舒斯特出版社，1988）花了八年时间。那时我的《香蕉玫瑰》已经写了一年半，我对她俩说：“你们为什么不提醒我？为什么不告诉我写作这么难？”

两人都做出一脸苦相，点了点头，没有说话。没什么可说的，就是痛苦。

同时，小说完结也是一种痛苦。面临这种痛苦，我发现我在四处寻找下一本书的素材。一周前，我躺在按摩床上，发现按摩师和我都在长岛长大，只隔了两个镇子。她说："还记得海盗旗吗？"那是亨普斯特德公路边一个附带餐厅的小型游乐场，很多父母经常带孩子去。听她说起"海盗旗"，一切记忆就浮现在我眼前。街角的凯迪拉克经销商、潮湿的空气、贝丝佩奇州立公园、复式住宅楼、邮筒、马路牙子、阴沉的天空、蓝色别克、梅氏百货公司。啊哈！我的下一部小说就以那儿为背景，设定在神秘的长岛，那个对现在的我而言恍如隔世的地方。

人真的很奇怪。我一方面大声嚷嚷着要从事新的职业，就好像我原先有过职业一样，写作原本也不算什么职业；另一方面又拖着双腿行走在黑暗水域，寻找某种漂在水面的古老的死鱼，仿佛能够给它注入新的生命，围绕它构思一段故事。

昨晚我和帕姆在齐亚餐厅吃晚饭，帕姆是我的一个朋友，刚写完一部小说。我跟她说了转行的想法，她说："呃，我知道我会一本接一本地写。这不是问题。问题在于，我要怎么一边写作一边挣足够的钱养活自己？"

我意识到总会有这样那样的问题。我现在有足够的钱维持生活，写作就是我的痛苦。如果我没有钱，我的痛苦就是贫穷，那时候写作就是一片乐土。

我们都知道这个故事的寓意，不是吗？闭上嘴，无论如何都要坚持写下去。不要找任何借口。

58 数月后

小说完成后，我问凯特："现在我要做什么？"

"找三个小说家读一下，听听他们怎么说。我可以读。我敢肯定，玛丽·罗格和帕特也愿意读。"

我把手稿交给了凯特，去找玛丽和帕特时却犹豫了很久。我有点不好意思，毕竟是要请她们读多达五百页的文字。我等了九个月，才有机会跟她们聚在一起。

我终于鼓起勇气和玛丽见了面。她让我删掉前八十页。"开门见山，直接进入情节。还有这里，删掉中间内尔四处游荡的那一百五十页。"我点头。放在八个月前，我会从桌子上抓起手稿，哭着夺门而出。而现在，我同意她的观点。她解释给我听，说至少得有一个能抓住读者的问题，吸引读者不断翻页去寻找答案。

"问题要跟着章节往前推进，"她告诉我说，"如果有哪一章离题了，你得知道这一章是你决定好了故意偏的。"

我又点点头。"所以，这个问题差不多算是整本书的脊梁？那这里，这个问题是什么？"我指了指桌上的手稿。

"我们想知道，内尔最后会不会和高甘在一起。"

"你开玩笑吧！这么俗气？人家问我这本书讲什么的时候，我都说得很哲学，告诉他们这本书讲的是嬉皮士的年代及之后一些年，讲的是一代人。"

玛丽大笑起来："不，我想知道的是内尔和高甘之间的事。嬉皮士只是年代背景。"

那晚我请她出去吃饭。她对我那么友好，我很感激她。

一周后，我坐在帕特家的餐桌旁，在她斜对面坐着。外面下着雪。

帕特滔滔不绝地讲这部作品的文笔有多么优美，她喜欢里面的人物，经常捧腹大笑，等等。"但是"——我一直在等这个"但是”——“纳特，这小说没情节啊。”她耸了耸肩膀，“没有情节啊！”“情节”这个词，她一字一顿放慢了说。

我放声大笑：“你知道吗？我感觉到了。”

我停一下，又说：“帕特，情节究竟是什么呢？”我花了三年半的时间，写了无数页，才想到这个本质问题。

“嗯，E. M. 福斯特写过，故事是：国王死了，王后死了。情节是：国王死了，王后因悲伤过度死了。”

这说法我也听说过，此前一直不理解，现在理解了。情节是关于因果，关于报应的。一件事的发生，会带来某种结果。如果所有章节一起促成了这一结果，我们会感到心满意足，因为这与我们直觉中的真相不谋而合。

故事是孩子讲给我们听的。“先发生了这件事，然后这件事，再然后这件事。”我们都曾经听他们喋喋不休地讲一些没完没了、没有结构的故事。情节呼应着宇宙里的一种结构，或者说设计——因果、报应。

帕特给我展示了好几种方法，可以制造张力，扩充部分场景，砍掉部分场景。她也很友好。我发现真正投身写作的作家都是很友好的。他们知道写作意味着什么，有多辛苦。他们都有同情心。

离开帕特家，我给凯特打了个电话。“凯特，帕特说我的小说没情节。”我笑了起来。

凯特说：“当然没情节啦，因为写的是你的生活啊。”

我给我的经纪人乔纳森打电话说了这件事。

他的反应是：“如果你哪儿都不想去，就去读《香蕉玫瑰》。如果你分不清睡觉、吃烤芝士三明治和看电视有什么不同，那么你一定是在读纳特的小说。”

我们俩都笑了，然后他为我辩解：“好吧，反正我也不喜欢情节。

情节没有禅性，不是吗？”

两个月后，我和优秀的词曲作家格雷格·布朗一起在圣菲的街道上漫步。他从艾奥瓦来。我给他讲了我那本没有情节的小说。

他说：“谁需要情节？一个作家如果能征服我，无论他去哪儿，我都跟他去。”

“不，话不是这么说。我想知道情节是什么，我想知道关于情节的一切。我得先了解情节，才能对情节放手。”

穿过新墨西哥联邦停车场时，我低头看着我的脚和脚下暗蓝色的路面。那一刻，我第一次明确地说出了我写这本小说的原因。“我想知道散文能教给我什么。我当了13年的诗人。我希望我的身体可以体会那种一句接一句码句子的平凡。”我用左手比划着说道。我右手提着一个公文皮包，是我姐姐送给我的四十岁生日礼物，里面放着《心灵旷野》的部分章节。“我想知道怎么写一个完整的句子。这么久以来，我都是在用短语写作。就像砌混凝土一样，我要那种稳固感。工作，日复一日地工作。我的身体想开发这项技能。我想脚踏实地，稳稳站住。这很困难。”我摇了摇头。

上周我和凯特一起吃午饭，她问我：“《香蕉玫瑰》怎么样了？”

“你知道的，凯特，我有些想要忘掉它。我想继续过好我的生活，但实在太难了。”

“纳特，我对它有信心。你离不开它的。”

凯特说得没错。昨晚，我趁着月色在台地上散步。内尔出现了，带来了全新的结局。她浑身充满能量。她在我前面很远的地方，开着车去丹佛，去救一个老朋友。我在她身后喊：“我来了，内尔，我来了！”

59 失败

上个月，我在矮脚鸡出版社见到了我的编辑。一年多前我就签了《心灵旷野》的写作合同，但跟编辑一直是电话联系，没有见过面。

她的办公室位于第五大道，在第25层。我们坐在那里聊天，聊着聊着，我觉得可以跟她坦诚相待。

半个小时后，我俯身向她靠近了一点。“托妮，我要告诉你一件事。签合同的时候我不能告诉你，因为我不知道会写成什么样，如果说了，我怕你会觉得我态度不好。但当时我对自己说：‘不要担心，纳特，我允许你彻底失败。你不需要达到任何人的期许。大家都喜欢《再活一次》又怎样呢？你现在可以写一本大家都讨厌的书。你完全是自由的！’”

“现在书写得很顺利，我可以告诉你我对自己的这个许诺了。”

她点点头：“我理解。这很好。作为出版社代表，我希望作者的第二本书能建立在第一本书的基础之上，但有时候作者还没有准备好。作为编辑，我想建议他们休息调整一段时间。”她顿了顿，又说：“你应该把你刚刚跟我说的写进书里。”

允许自己失败，这一点很重要。只有这样才能写作。我们达不到任何人的高标准，包括我们自己的。

最近，写作班上有个学生问了我这个问题，我想让她明白我为何会持有这样的态度。我怎么这么聪明，没有因为《再活一次》的成功而畏缩不前。我在人生的其他领域可没有这么聪明。

我闭上眼睛，静下来，试图回到最初的起点。我睁开眼睛，告诉她：“宽容。这态度源自宽容。在写作这方面，我一直对自己很宽容。我知道如果我不宽容，如果我太过严厉，我就会心生畏惧，关闭自己，冻结自己。”

“失败”是个让人难以接受的词，那么就用“宽容”这个词。让你自己宽容一点。这宽容来自对人何以为人的理解。写作的时候给自己一点同情。没有什么失败，只有一大片旷野供你徜徉。

60 懒惰

《再活一次》快要结尾的那个春天，我穷困潦倒。为了缓解忧虑，鼓励自己写作，我签了份合同，9 月去私立学校教书，教五、六年级。我对自己说："别担心，纳特。9 月的时候，你的书肯定写完了，也卖出去了，你就不用去教书了，这么做只是保险起见，让你安心一些。现在开始工作吧。把书写完。"

9 月到了。书是写完了，但没有卖出去。我必须去做那份工作。我已经好几年没做过全职工作了，更别说教 25 个十一二岁的孩子了。我既要教他们数学、科学，又要管他们穿鞋、戴手套。简直可笑。

外地有些朋友只知道我是作家，他们不停地问我："你现在到底在干什么啊？教学？纳特！教学？"

凯特第一次到圣菲来看我时，我问她："好了，你想看什么呢？"

她双手抱在胸前，"我想看你上课。我就想看看你现在做的事。"

后来，她说："不错。那些五、六年级学生从没见过这样的课堂。你在同一天既讲了犹太人大屠杀，又讲了猫王。"

我笑了，"是啊，我觉得我最好教自己知道的东西。"

每天 3 点下班后，我开车回家，走进屋子，拿起笔记本，直奔加里斯特奥报刊店。我每次都走同一条路线：加里斯特奥街走半程，野草丛生的废弃空地走半程。按惯例点一杯热巧克力。坐下来，打开笔记本，说："开始。"就这样写两个小时。

第二天回到教室的时候，我几乎记不起孩子们的名字。有时候早晨一来到教室，就有八个孩子蜂拥而上，挂在我身上。"纳塔莉，纳塔莉。"他们喊。他们都有话要告诉我。

我会说："我昨晚刚改了名字，我不告诉你们是什么。"那一年我的压力很大。

我基本上忙得脚不着地，忘记呼吸。教书的时候我有太多事情要做，一边是种种职责，一边是心痒难耐想要写作，二者之间的矛盾让我紧张不已。我的时间是按小时、分钟划分的，而不是按季节和日月轮换。压力是一种无知状态。任何一件事都被当成紧急状况。其实，根本没有那么重要的事情。放松下来躺会儿吧。

所有作家都有一种天然的惰性。这是好事。好好利用起来。沙发是个好地方。抛开所有事情，在沙发上躺一天。这就像把醋和油混在一起摇匀后，等醋沉淀。油又变清了，你也清醒了。对写作来说，这是一个非常健康的起点。它让你重新记起那些基本要素：窗外的天空、沙发垫上的脚、头顶的天花板、下面的地板。

我朋友吉宁今天早上打电话过来。她刚做完一次巡回售书，整个人很狂躁，没法乘飞机来见我。我们原计划一起闭关写作。她说，也许她应该开车去卡梅尔瓦利的避暑胜地待几天。

我说："拜托了，停下来吧。哪儿都不要去，就躺下来，把这一天躺过去。"

"躺下来？"她问。

"对，躺下来，就闲着。两天时间，哪儿都别去。剪剪脚趾甲，在沙发上躺几个小时。就躺着，什么也别做。"

"你开玩笑吧？"

"吉宁，你不知道，写作最关键的要素是懒惰。在这个社会，我们要学会滋养它。就无所事事地躺着。你觉得呢？你要到新墨西哥来奋笔疾书吗？躺会儿吧，真的。"

写作处于我们生活的底部。待你休息好清醒之后，写作的欲望会像泡沫或者古老的死鱼一样浮上水面。那时候，你就可以没来由地坐起身来，写一点。这样写出来的东西不会充满攻击性。你不会为了证明自己而去写。你只是单纯地写下一个又一个词语。效果会很好。相信我。

试一试

每个月挑一天什么也别做。不，不是一个小时或午后傍晚，是一整天。就无所事事地躺着。不要慢跑，也不要做饭。

我知道，我知道，你们有些人有孩子，有责任，但不管怎样，你肯定能找出一天。如果一个月挑一天做不到，那么一生中挑一天呢？找那么一天，彻底犯一次懒。不想穿衣打扮，就不要穿衣打扮。也别费事去刷牙，反正刷牙本来就是个麻烦事。让自己放任自流。

一天过去，晚上睡觉前，悄悄走到笔记本旁边，如果想写，就写一点，不写也不要紧。犯一天懒对写作大有裨益，能够在很长一段时间内为你提供给养。

我没有别的教诲了。偷个懒，就够了。

61 迷失

我和米里亚姆开车行驶在海德公园路上，去泡日式温泉。车爬到一个陡坡的时候，我对她说："我的本科和硕士学位对我来说毫无意义，它们从来没派上过用场，也从来没有帮助我写过什么好句子，丝毫没有。这些证书现在要是在我手边，我会立马撕碎，打开车窗撒出去。我们还能看着碎片飘到山下去。"

"你的教师证呢？它不是一直让你很骄傲吗？"她插了句。

"是啊，是很骄傲。那个是技术类的。我能用来做点实事。"我点着头说道。车开到一处大弯道。"我有一天在想，如果我有孩子，我不会花一分钱送他们去上大学。大学太愚蠢，实在太愚蠢。但是技术学校——"我把手从方向盘上拿下来，"我会送他们去那里。他们能学到一些技能。"

我活像个乡下人，脸红脖子粗地在控诉，但我控制不住。我控诉那些年我浪费在课堂上的闲暇时间。接着，我又慷慨激昂地控诉教育机构。

"我也不相信教育机构。它们把能量抽走，冻结起来。过去活着的东西现在死了。看看早期的禅修中心，再看看现在的。看看合作社和天然食品。现在的天然食品都是包装好了摆在超市里。再看公立学校，死不了，永远有资助。不会死的东西也不会重新活。孩子们在那些教室里被慢慢扼杀，没有半点生气。"

"那么公共图书馆呢？"米里亚姆有个烦人的习惯，她总想让事物合乎逻辑。"还有博物馆呢？"

"好吧，我的确喜欢图书馆，尽管我从来不去。我更愿意去书店或咖啡馆。不过，图书馆确实存放着一些活物，比如一本好书，而且对外开放。你可以把书带回家。博物馆我就不知道了。有些博物馆让我昏昏欲睡，我得强迫自己才能不倒下去。"然后，我犹豫了。我近来看了不少很棒的展览，但小时候很多年确实觉得展览无聊至极。

那晚，我去听了一个关于离婚的讲座，主讲人有很名，他最初是由十二步匿名戒酒项目起家的。

当我看到一张票需要 25 美元时，我对艾迪说："算了，别去了。太不可理喻了。"

"哦，拜托，"他说，"我们要看的可是一种文化现象。"

我妥协了。我对文化运动向来很有兴趣。

我们去得很早，坐在大厅里等。工作人员在布置摄像设备，不让我们进礼堂。我们一边等，一边回忆过去买票的经历。

"迪伦[1]的演出票价才 20 美元。"我说。

玛丽接道："我花了 50 美元看百老汇。"

"是的!"我来了精神，"我花过差不多的钱去看莉莉·汤普琳(Lily Tomlin)[2]，很值!"

门终于开了，我们冲了进去，抢到了前排座位。票上说会有现场音乐。我很好奇，他们怎么把现场音乐和离婚讲座结合起来。主讲人出来了，正当他声情并茂地讲到精彩之处时，突然停电了。

以前当过电工的艾迪对我们说："这里经常这样。我们十年前就告诉过他们，要花六七千美元来更新设备。他们不肯。"

停电期间，主讲人给我们讲了个故事，讲的是一个因私生活混乱而离婚的部长。他在黑暗中一直讲，讲完了整个故事。电工维修的时候，他跳到问答环节，持续了差不多半个小时。有人打着手电筒，好辨认举手的观众。灯还是没亮，于是我们休息了一会儿。

我很天真，不明白为什么休息过后他又继续问答环节，直到灯亮。既然能回答问题，干吗不继续做讲座？一个小时过去了。回答某个问题的时候，他以自己为例，谈到了他的父亲，让我很是触动。我

---

① 指美国摇滚艺术家、词曲创作人鲍勃·迪伦（Bob Dylan）。

② 美国演员、作家、歌手。

心想："这就是他出名的原因。"突然，所有的灯一下子亮了起来。

他快速说道："上一个故事我得重讲一遍。"

摄像机对准他，他又把那个私生活混乱的部长的故事从头到尾讲了一遍。我突然意识到，一切都是为了拍摄——这就是为什么灯灭了的时候他一直做问答。他不想在黑暗中继续讲下去，因为录不下来。我还天真地以为他是在对我们讲话，甚至还花了25美元来听他讲。他在讲那个我们已经听过的故事时，我环顾四周的观众，他们脸上有一种无辜被骗的神情。有些人甚至惊讶地张大了嘴。这个故事我们已经听过了。我们不重要，重要的是录影。

那一刻，他失去了我这个观众，他说什么我都不再相信。然后结束的时候，他又引用错了佛祖的话。他说，出于某种原因我们必须吃点苦头才能学到东西，就像佛祖说的，"人生就是受苦。"没错，佛祖是说过这话，但不是他嘴里的意思。怒火在我心里慢慢腾起。

艾迪说得对。我们去看了一种文化现象。有人从不需要交任何费用的十二步匿名戒酒项目起步，获得了帮助，一跃成为这个项目的活跃代言人，进而将它发展成了一个产业。然后产业先行，这个人又失去了自我。这次不是因为酗酒，而是因为名利。我眼见这个人与自我分离了，台上的这个人已经变成了一个机构。

这种情况也可能发生在作家身上。不要被自己写过的东西禁锢。继续去写别的东西。如果你是作家，你的工作就是写作，这样我们才能保持诚实可靠。如果你写完一部小说，觉得精疲力竭，不想再开始下一个大项目，那就一周做几次写作练习，维持能量运行。不要被你的作品禁锢。一个作品一旦完成，就与你无关了，去做点别的。

62 为众生

弗朗西丝如今住在圣菲。一周前，她来陶斯的台地看望我。那天天气很好，没有风。我做了一顿健康又美味的晚餐：煎豆腐、野生糙米配蘑菇、蒸西兰花。弗朗西丝说，西兰花是她的最爱。饭后，我们喝了点茶。

“你想抽点大麻吗？”她问。

“我觉得我可能没有。我去药箱里找找。”我开玩笑地说。我从冰箱里拽出一个塑料袋，里面有一两片很久之前放进去的佩奥特掌和迷幻蘑菇，久到我一碰就变成了灰。这些都是路过我这里的朋友给我的礼物。我几乎没用过，只是放在我的“药箱”里。我把袋子放在餐桌上。

“嘿，那是两年前我给你的那片摇头丸。”弗朗西丝边说，边用手指了指。

“哦，那是你给我的？我都忘了。”我突然笑了，“我们来吃吧。”

我们把药丸融在一杯葡萄汁里，一人喝了半杯。之后去台地散了会儿步，没有任何感觉。我们是饭后服的，而且那胶囊毕竟也有两年之久了。我们走路回到了家。

我转头对弗朗西丝说：“我右脚有点麻。”

“怎么回事？”她问。

“可能是那东西起作用了？”

她耸了耸肩，不置可否。

快到家的时候，电话铃响了。我跑过去接，是明尼阿波利斯的梅勒妮打来的。禅师又进了医院，一来是受到了感染，二来上一次化疗也快到期了。挂了电话，我来到书桌前，点了一根长香，这香是我从日本的永平寺[①]带回来的，道元[②]大师就葬在那里。

---

① 日本第一巨刹，禅宗道场。

② 日本佛教曹洞宗创始人。

我闭上眼睛。“好起来吧，我的朋友。”我看了一眼用大头针别在木书架上的禅师照片，弯腰鞠了个躬。

然后，我和弗朗西丝带上毛巾，开车去了格兰德河的一处温泉。我们嚼着口香糖，临近阿罗约翁多的时候，我们越嚼越带劲，越嚼越快。摇头丸开始起作用了。我们爬上一条窄道，穿行在格兰德河峡谷的黑岩中，一弯明月升起来了，照亮了前方的路。

我和弗朗西丝脱掉了衣服，爬进一处温泉池，池子旁边就是湍急的河流。我们没有说话。一个男人下来了，脱了衣服，远远就能看见他留着长发，文了很多文身。“啊哦，飞车党。”我心想，心里有点发怵。等他走到近处，我立刻松了口气。我知道他是个圣洁的人。我能感受到。他俯身进入水池。

“从陶斯来?”他问我们。

我点点头。

“我从南达科他州过来，过几天有日舞，我要领舞。你们知道日舞吗?”他问。

“知道一点。”我说。

他指了指胸口，有很多伤疤。“男人在这里自缢了，”他又指了指伤疤，“我们因此感受到女人生孩子的痛苦，也因此带着伤疤去往来世，因为我们给地球带来了伤疤，砍伐了它的树木。这是印第安人交配繁衍的时刻，也是狼、水牛这些动物交配的时刻。”他接着又给我们讲了在朝鲜打仗的事。大多时候我能感受到他的存在，就是禅师给我的那种感觉。

我和弗朗西丝从池子里出来，擦干身体，爬上了一处峭壁，并排坐在一起，望着月光下的河流，看了很长时间。我感受到了内心的悲伤，我知道那悲伤会一直存在。

弗朗西丝突然转向我说：“说一样你父亲给你的东西，正面积极的。”

我沉默了片刻。“他给了我生命。”我慢慢点了点头。

今天周六，是日舞的最后一天。他们已经跳了五天。他们邀请我今天去参加。我感到很荣幸，也很矛盾。感到矛盾，是因为我很久没写作了，我需要写作。我决定还是去广场找个咖啡馆，写作。我对日舞现场的一切心存敬畏，但今天长时间写作才是我存在的方式。因为写作时，我能感受到他们的舞蹈、这个节日、太阳。在这里，我独自一人，但我为所有人写作。

内观冥想大师杰克·康菲尔德上周在禅修中心说：“你独自一人冥想，却不是为了你一个人，你是为众生冥想。”

我们写作，也应如此。

“创意写作书系”介绍

这是国内首次系统引进国外创意写作成果的丛书，它为读者提供了一把通往写作之路的钥匙，帮助读者克服写作障碍，学习写作技巧，规划写作生涯。从开始写，到写得更好，你都可以使用这套书。

丛书书目

书名	作者	出版日期	阅读参考
《自我与面具：回忆录写作的艺术》	玛丽·卡尔	2017 年 10 月	非虚构写作
《新闻写作的艺术》	纳维德·萨利赫	2017 年 6 月	非虚构写作
《回忆录写作》（第二版）	朱迪思·巴林顿	2014 年 6 月	非虚构写作
《写出心灵深处的故事》	李华	2014 年 1 月	非虚构写作
《写作法宝》	威廉·津瑟	2013 年 9 月	非虚构写作
《故事技巧》	杰克·哈特	2012 年 7 月	非虚构写作
《开始写吧！——非虚构文学创作》	雪莉·艾利斯	2011 年 1 月	非虚构写作、练习
《从生活到小说》（第二版）	罗宾·赫姆利	2018 年 1 月	虚构写作
《小说写作：叙事技巧指南》	珍妮特·伯罗薇 等	2017 年 10 月	虚构写作
《成为小说家》	约翰·加德纳	2016 年 11 月	虚构写作
《小说创作谈》	大卫·姚斯	2016 年 11 月	虚构写作
《如何创作炫人耳目的对话》	詹姆斯·斯科特·贝尔	2016 年 11 月	虚构写作、对话
《小说创作技能拓展》	陈鸣	2016 年 4 月	虚构写作
《故事力学》	拉里·布鲁克斯	2016 年 3 月	虚构写作
《写小说的艺术》	安德鲁·考恩	2015 年 10 月	虚构写作
《弗雷的小说写作坊：悬疑小说创作指导》	詹姆斯·N·弗雷	2015 年 10 月	悬疑写作
《弗雷的小说写作坊：让劲爆小说飞起来》	詹姆斯·N·弗雷	2015 年 7 月	虚构写作
《弗雷的小说写作坊：劲爆小说秘境游走》	詹姆斯·N·弗雷	2015 年 7 月	虚构写作

《故事工程》	拉里·布鲁克斯	2014 年 6 月	虚构写作
《冲突与悬念》	詹姆斯·斯科特·贝尔	2014 年 6 月	虚构写作
《情节与人物》	杰夫·格尔克	2014 年 6 月	虚构写作
《30 天写小说》	克里斯·巴蒂	2013 年 5 月	虚构写作
《情节！情节!》	诺亚·卢克曼	2012 年 7 月	虚构写作
《开始写吧！——虚构文学创作》	雪莉·艾利斯	2011 年 1 月	虚构写作、练习
《小说写作教程》	杰里·克利弗	2011 年 1 月	虚构写作
《开始写吧！——推理小说创作》	劳丽·拉姆森	2016 年 7 月	推理写作、练习
《开始写吧！科幻、奇幻、惊悚小说创作》	劳丽·拉姆森	2016 年 1 月	科幻写作、练习
《网络文学创作原理》	王祥	2015 年 4 月	网络文学写作
《好剧本如何讲故事》	罗伯·托宾	2015 年 3 月	剧本写作
《开始写吧！——影视剧本创作》	雪莉·艾利斯	2012 年 7 月	剧本写作、练习
《写我人生诗》	塞琪·科恩	2014 年 10 月	诗歌写作
《来稿恕难录用：为什么你总是被退稿》	杰西卡·佩奇·莫雷尔	2018 年 1 月	综合指导
《大学创意写作·应用写作篇》	葛红兵　许道军主编	2017 年 10 月	综合指导
《大学创意写作·文学写作篇》	葛红兵　许道军主编	2017 年 4 月	综合指导
《从创意到畅销书：修改与自我编辑》	詹姆斯·斯科特·贝尔	2016 年 1 月	综合指导
《写作是什么：给爱写作的你》	克莉·梅杰斯	2015 年 10 月	综合指导
《故事工坊》	许道军	2015 年 5 月	综合指导
《经典情节 20 种》（第二版）	罗纳德·B·托比亚斯	2015 年 4 月	综合指导
《写好前五十页》	杰夫·格尔克	2015 年 1 月	综合指导
《作家创意手册》	杰克·赫弗伦	2015 年 1 月	综合指导
《经典人物原型 45 种》（第三版）	维多利亚·林恩·施密特	2014 年 6 月	综合指导

《创意写作教学》	伊莱恩·沃尔克	2014 年 3 月	综合指导
《你的写作教练》（第二版）	于尔根·沃尔夫	2014 年 1 月	综合指导
《诗性的寻找》	刁克利	2013 年 10 月	综合指导
《创意写作大师课》	于尔根·沃尔夫	2013 年 7 月	综合指导
《一年通往作家路》	苏珊·M·蒂贝尔吉安	2013 年 5 月	综合指导
《写好前五页》	诺亚·卢克曼	2013 年 1 月	综合指导
《畅销书写作技巧》	德怀特·V·斯温	2013 年 1 月	综合指导
《成为作家》	多萝西娅·布兰德	2011 年 1 月	综合指导
创意写作书系（青少版）			
《写作魔法书——让故事飞起来》	加尔·卡尔森·莱文	2014 年 6 月	故事写作
《写作魔法书——妙趣横生的创意写作练习》	白铅笔	2014 年 6 月	练习

图书在版编目（CIP）数据

心灵旷野：活出作家人生/（美）纳塔莉·戈德堡（Natalie Goldberg）著；孙玉婷译．—北京：中国人民大学出版社，2018.1
（创意写作书系）
书名原文：Wild Mind：Living the Writer's Life
ISBN 978-7-300-25152-3

Ⅰ.①心… Ⅱ.①纳… ②孙… Ⅲ.①文学写作学 Ⅳ.①I04

中国版本图书馆CIP数据核字（2017）第287827号

创意写作书系
心灵旷野：活出作家人生
[美] 纳塔莉·戈德堡 著
孙玉婷 译
Xinling Kuangye

出版发行	中国人民大学出版社		
社　　址	北京中关村大街31号	**邮政编码**	100080
电　　话	010－62511242（总编室）		010－62511770（质管部）
	010－82501766（邮购部）		010－62514148（门市部）
	010－62515195（发行公司）		010－62515275（盗版举报）
网　　址	http://www.crup.com.cn		
	http://www.ttrnet.com(人大教研网)		
经　　销	新华书店		
印　　刷	北京德富泰印务有限公司		
规　　格	145 mm×210 mm　32开本	**版　　次**	2018年2月第1版
印　　张	8.75 插页2	**印　　次**	2018年2月第1次印刷
字　　数	179 000	**定　　价**	39.00元